Besuch bei drei Damen oder die seltsame Reise des Dr. Mondmann

Roman

Rüdiger Schneider

Besuch bei drei Damen oder die seltsame Reise des Dr. Mondmann

Roman

Bibliografische Information der Deutschen Nationalbibliothek: Die Deutsche Nationalbibliothek verzeichnet diese Publikation in der Deutschen Nationalbibliografie; detaillierte bibliografische Daten sind im Internet über http://dnb.d-nb.de abrufbar.

Coverabbildung: shutterstock.com 159400970
S. 184: shutterstock.com 1103091698

Herstellung und Verlag: BoD- Books on Demand, Norderstedt

ISBN: 9783748163213

Die Namen der handelnden Personen in diesem Roman wie auch die Ereignisse sind erfunden, Ähnlichkeiten rein zufällig. Insbesondere möchte ich aus strafrechtlichen Gründen betonen, dass der Affenklau von Gibraltar nie stattgefunden hat.

1

Darf man eine alte, ja eigentlich zerrüttete Liebe wieder auffrischen, einen neuen Versuch wagen? Der Vorteil: Man kennt sich. In guten wie in schlechten Zeiten. Ebenso müsste man auch nicht mehr die Basisinformationen austauschen. Den Namen, das Alter, den Beruf, den Verdienst, der ja bei aller Romantik nicht unwichtig ist. Man spart sich das Abtasten des Umfelds, hat sich nicht wieder neue Namen zu merken von Hund, Katze, Enkeln und Kindern. Hobbies, Reiseziele, Lieblingsspeisen sind bekannt. Der ganze Fragenkatalog eines ersten Kennenlernens entfällt. Vertraut ist man auch mit gewissen Eigentümlichkeiten. Sie konnte es zum Beispiel nicht leiden, wenn ich morgens lange schlief, mich nicht rasierte und mich beim Frühstück wie ein Zisterziensermönch verhielt, dem das gemurmelte „Guten Morgen!" schon wie eine lange Predigt erschien, während sie sich mit einem Redeschwall auf mich stürzte.

Zehn Jahre waren seit meiner Flucht von Irmgard vergangen, die Warnsignale verblasst. In der Erinnerung überwog das Schöne und ich brauchte dazu noch nicht einmal ein Fläschchen Wein, um das so zu sehen. Ich hätte mich einfach so am Telefon melden können. „Hallo, hier ist der Max. Wie geht es dir?" So ganz sicher war ich mir nicht. Nach zehn Jahren hätte sie auch fragen können: „Welcher Max?" Dann hätte ich gesagt:

„Der Maximilian Winter. Ich war fünf Jahre dein Untermieter."

„Warum rufst du an?"

Ehrlicherweise hätte ich sagen müssen: „Ich bin jetzt verrentet und auf dem Weg in die Einsamkeit. Niemand braucht mich mehr. Aber an dich erinnere ich mich noch. Ich weiß nicht, ob wir es noch einmal versuchen sollten. Deshalb rufe ich an. So schlecht war die Zeit doch nicht."

Konnte ich einen solchen Versuch wagen? Oder sollte ich mir sogar eine Flasche Sekt unter den Arm klemmen, die gut dreißig Kilometer von Brohl, wo ich seit der Trennung von Irmgard wohnte, nach Bonn fahren und in der Abenddämmerung bei ihr klingeln? Was, wenn sie nicht allein war? Eine dumme Situation, wenn ich plötzlich einem Nachfolger gegenüberstand und ihn fragte: „Ist die Irmi noch frei? Nein? Entschuldigung! Wollte nicht stören. Auf Wiedersehen."

Natürlich war auch Angst dabei. So locker würde ich kaum reagieren, wenn ich bei ihr klingelte und ein Mann öffnete mir. Womöglich ein junger Adonis, den sie sich von einer ihrer Reisen mitgebracht hatte. Damit musste man ja heutzutage rechnen. Sie hatte immer schon von Marokko geschwärmt. Irmgard war zwar so alt wie ich, 66, würde aber immer noch ziemlich passabel aussehen. Schlank, hochgewachsen, rothaarig. Dass da womöglich ein paar Falten hinzugekommen waren, würde einen jungen Marokkaner nicht stören. Irmgard hatte als Filialleiterin einer Bonner Bank gut verdient, verfügte jetzt neben einer satten Rente noch über ein paar Depots, die sie sich beizeiten angelegt hatte.

Es konnte aber auch anders laufen. Vielleicht war sie freudig erregt, angenehm überrascht, umarmte mich. „Ach, Max, du! Wie schön! Was für eine Überraschung!"

Würde es so laufen, hätten wir uns zunächst viel zu erzählen. Zehn Jahre Pause sind keine Kleinigkeit.

„Arbeitest du noch bei der Bahn?" würde sie mich fragen.

„Nein. Seit einem Jahr bin ich kein Zugbegleiter mehr. Bin in Rente. Gott sei Dank. Die Strecke von Bonn nach Basel hing mir zum Hals heraus. Vierzig Jahre lang. Nur dreimal unterbrochen von einer Tour nach Mailand oder Sylt. Ich habe seit einem Jahr viel Zeit."

„Und die willst du jetzt mit mir verbringen?"

„Gerne. Natürlich nur, wenn du möchtest."

„Und deine Flucht damals? Warum?"

„Weiß ich nicht mehr. War wohl ein Fehler."

Das Nichtwissen wäre natürlich gelogen. Aber wie gesagt: Das Unangenehme verblasst, das Schöne verhält sich wie ein Diamant widerstandsfähig gegenüber der Zeit.

Statt einer Umarmung konnte es allerdings auch eine skeptische Musterung geben. Sie würde mit kritischem Blick mein Bäuchlein betrachten und sagen: „Vor zehn Jahren warst du noch schlanker. Aber immerhin bist du nicht geschrumpft." Sie konnte zynisch sein. Doch sie hätte recht. Statt im Fitness-Studio zu schwitzen, hockte ich mich lieber an die Theke. Zwischen Bonn und Basel durch den Zug zu laufen war mir als sportlich ausreichend erschienen. Ein Freund von Wanderungen und Spaziergängen war ich auch nicht gewesen, während Irmgard es liebte, lange Strecken den Rhein entlang zu gehen. Einmal hatte sie mich von Bonn nach Mehlem mitgeschleppt und auch zurück, wonach ich mich bei der Bundesbahn für drei Tage krankmeldete, weil ich keinen Schritt mehr laufen konnte. Auch war ich eher missmutig ihren kulturellen Bedürfnissen gefolgt. Wir besuchten regelmäßig das Bonner Frauenmuseum, wobei uns keine neue Ausstellung von Künstlerinnen entging. Auf der weiß gestrichenen Fassade des Kunsttempels sprang einem in riesigen Lettern FRAUEN♀MUSEUM entgegen, die Wortteile getrennt durch das Gendersymbol, einen Kreis mit Kreuz nach unten, das in der Astrologie dem Planeten Venus entspricht, während man das männliche Zeichen mit Pfeil nach oben nicht zu Unrecht dem Planeten Mars zugeordnet hatte. Ich stimmte Irmgard zu, dass die patriarchalische Welt zu zertrümmern war, stiftete sie doch nur Krieg und Krisen. Aber dass damit auch der häusliche Friede den Bach hinunter gehen sollte, leuchtete mir nicht ein. Der Kriegspfad sollte doch bitte vor der eigenen Haustür enden. Sich schon beim Frühstück mit Frauenrechten auseinanderzusetzen, störte meine Behaglichkeit. Damit war auch der Grund für meine Flucht gegeben. Ich wollte meine Ruhe haben. Die ewigen Auseinandersetzungen zermürbten mich. Statt sie zu den Kunstausstellungen im Museum und den Themenabenden im Bonner Frauenzentrum zu begleiten, begann ich mich für die Klöster der Umgebung zu interessieren und beneidete die Mönche um ihre stillen Zellen. Aber auch das war kein Leben für mich. Nach der Flucht suchte ich Internetbekanntschaften, scheiterte regelmäßig, brach mir einmal sogar den Fuß bei einem ungeschickten Sprung aus dem Wohnzimmerfenster einer Dame, die mich zum Abendessen eingeladen hatte.

Jetzt war ich ein Jahr in Rente, hockte in einer bescheidenen Wohnung, vereinsamte, eine neue Beziehung wollte nicht gelingen. Hörte ich den Satz „Ich möchte mit dir alt werden!" wurde mir gruselig zumute. Gerne hätte ich geantwortet: „Bleib lieber mit mir jung!" Aber das, weil ich in die Jahre gekommen war, war ziemlich unrealistisch. Um morgens oder auch mittags aus dem Bett zu kommen, brauchte ich immer länger. Ich vergaß und verwechselte Namen, verlegte Gegenstände, die ich nicht mehr wiederfand, die Sehschärfe ließ zu wünschen übrig, wegen beginnender Schwerhörigkeit musste ich den Fernseher immer lauter stellen, das frische Blond meiner Haare war einem hellen Grau gewichen, die Hand zitterte beim Löffeln von Suppe, was mir besonders peinlich war, wenn ich – selten kam es vor – zu einem Essen eingeladen war. Traurig blickte ich auf meinen leeren Teller, sah anderen beim Genuss einer Garnelensuppe mit Sahnehäubchen zu. Um nicht unangenehm aufzufallen und die Tischdecke zu beschmutzen, hatte ich mich entschuldigt, behauptet, allergisch gegen Garnelen zu sein. Was überhaupt nicht stimmte. Erst wenn es mit Messer und Gabel an die Mahlzeit ging, war ich treffsicherer und aß mit.

Ich steckte in einem Dilemma. Die Zweisamkeit wollte nicht gelingen, das Alleinsein quälte mich, verursachte schlaflose Nächte. So kam ich auf die Idee, die Beziehung mit Irmgard wieder aufzufrischen, einen Versuch zu wagen. Die Bremer Stadtmusikanten fielen mir ein: „Was Besseres als den Tod finden wir allemale." Was sollte schon passieren? Sie konnte sagen: „Nein danke, du spinnst! So was wie dich finde ich an jeder Ecke." Womit sie wie immer recht hätte. Ich wäre für einen Moment gewiss traurig, enttäuscht, fiele aber nur in den Zustand zurück, in dem ich mich auch vorher schon befand. Es war nichts zu verlieren. Trotzdem zögerte ich, hatte Bedenken und entschied mich schließlich, mir Rat bei einem Fachmann zu holen. Im Internet studierte ich die Adressen und Websites von Lebensberatern und stieß schließlich auf die Seite ‚Schöner leben mit Dr. Mondmann'.

2

Der Name Dr. Mondmann kam mir bekannt vor. Den hatte ich schon einmal gehört oder gelesen. Eine Zeitlang überlegte ich, durchforschte mein schon etwas schwächer gewordenes Gedächtnis. Aber dann erinnerte ich mich. Ja, richtig, ich hatte noch während meiner Zeit mit Irmgard etwas über ihn in der Zeitung gelesen, im Lokalteil des ‚Bonner Generalanzeiger', den Irmgard täglich bezog. Ich erinnerte mich, weil es wegen des Artikels einen heftigen Streit mit ihr gegeben hatte. Mondmann führte als Anstaltsleiter eine Männerpsychiatrie auf dem Bonner Venusberg. Es schien da sehr idyllisch zuzugehen. Die Männer konnten nach Herzenslust spielen. Skat, Pokern, Schach, Poolbillard, Sport treiben wie etwa Tennis oder Fußball, musizieren, malen, ohne Zeitlimit ferngucken, an Trommel- und Kochkursen teilnehmen, einmal die Woche einen therapeutischen Vortrag von Dr. Mondmann hören und jedem war täglich eine persönliche Sprechstunde eingeräumt. Die Gäste, wie Mondmann seine Patienten nannte, hatten auch Ausgang, nahmen den aber nicht in Anspruch, weil sie in der Welt draußen das wahre Irrenhaus vermuteten. Womit sie, wie ich Irmgard gegenüber zu verstehen gab, meiner Meinung nach gar nicht so Unrecht hatten. Die Anstalt beziehungsweise das Heim war eine frauenlose Oase. Nur Mondmann genehmigte sich wegen der Verwaltungsarbeit eine Sekretärin. Heftig diskutiert wurde in der wissenschaftlichen Welt das Mondmannsche Gesetz. Mondmann hatte den volkstümlichen Spruch „Hinter jedem erfolgreichen Mann steht eine starke Frau." um eine gewisse Variante erweitert. Schließlich gab es nicht nur erfolgreiche Männer, sondern auch gescheiterte. Und für die galt laut Mondmann: „Hinter jedem gescheiterten Mann steckt eine Verrückte!" Das war das Mondmannsche Gesetz.

Irmgard, als sie mir beim Frühstück den Artikel vorlas, hatte den Kopf geschüttelt und dann laut gerufen: „So ein Blödsinn!" Und danach hinzugefügt: „Ihr seid doch selber schuld, wenn ihr im Leben scheitert oder an einer Beziehung zerbrecht. Könnt ihr doch nicht den Frauen in die Schuhe schieben. Da oben auf dem Venusberg, in diesem sogenannten Heim, leben Schwachsinnige, die die Steinzeit noch nicht hinter sich haben."

„Scheint aber schön dort zu sein", hatte ich zaghaft eingewandt. „Die dürfen alle spielen, ohne dass ihnen jemand dazwischen quatscht."

Ein vernichtender Blick traf mich. „Lass die Anspielung, Max! Meinetwegen kannst du auch spielen. Aber du hast ja nichts. Kommst du von einer Tour zurück, liegst du nur maulfaul auf dem Sofa und zappst dich durch die Fernsehkanäle. Und wenn du die Beschäftigung mit deiner Märklinbahn Spielen nennst, bist du fünfzig Jahre zu spät dran. Es ist einfach albern, wie du auf dem Boden hockst, ein Schaffnermützchen aufhast und die Trillerpfeife betätigst. Ich schäme mich jedes Mal, wenn eine Freundin zu Besuch kommt und dich so sieht. Und damit du Bescheid weißt: Erwische ich dich noch einmal mit dieser blöden Bahn, dann ist mein Bett für dich tabu."

Ich hatte schüchtern gemault, Protest eingelegt, war eine Woche lang bockig, spielte weiter mit der Bahn, bis ich mir schließlich überlegte, was schöner war. Märklin oder Irmgard. Da hatte ich die Anlage für drei Nächte abgebaut und in den Keller gebracht.

Ich erinnerte mich auch noch an eine zweite Meldung im 'General-Anzeiger'. Die kam etwas später. Das war kurz vor meinem Umzug nach Brohl. Das vergnügliche Männerheim auf dem Venusberg war abgebrannt. Bei den ersten Ermittlungen vermutete man einen feministischen Anschlag. Wie es wirklich war, weiß ich nicht. Ich habe die Angelegenheit nicht weiter verfolgt. Den 'General-Anzeiger' hatte ich bei Irmgard gelesen. In Brohl steckte ich meine Nase nur in die Lokalblättchen, die einem kostenlos in den Briefkasten geschoben wurden. Auf jeden Fall gab es diesen Mondmann noch. Er hatte jetzt, wie ich auf seiner Website lesen konnte, eine Praxis in der Bonner Südstadt. Ich rief dort an, hörte eine freundliche weibliche Stimme: „Praxis schöner leben, Dr. Mondmann. Was kann ich für Sie tun?"

Ich bekam einen Termin gleich für den nächsten Tag.

3

Mit nur einer Beratungsstunde, so überlegte ich mir, käme ich gewiss hin. Das würde ich für eine solche Weichenstellung im Leben aus eigener Tasche bezahlen. Die DEVK, die Deutsche Eisenbahn Versicherungskasse, würde die Kosten wohl kaum übernehmen. Was sollte ich da als Grund angeben? Psychologische Entscheidungshilfe hinsichtlich der Wiederaufnahme einer vergangenen Beziehung? Die würden mir den Vogel zeigen. Seien Sie bitte ernsthaft krank! So etwas bezahlen wir nicht.

Dafür kostete die Fahrt nach Bonn nichts. Als Eisenbahner im Ruhestand hatte ich ein großzügiges Kontingent von 16 Freifahrten im Jahr. So fuhr ich also an einem sonnigen Tag im Mai von Brohl nach Bonn, ging vom Hauptbahnhof zu Fuß in die Südstadt, war angenehm überrascht von der gemütlich eingerichteten Praxis in einem stilvoll renovierten Altbau, der den Charme der Gründerzeit ausstrahlte. Solche Häuser haben etwas Anheimelndes, Nostalgisches, ja sogar Erhabenes. Im Zeitalter der kühlen Glasfassaden fühle ich mich wohl bei ihrem Anblick.

An der Rezeption wurde ich empfangen von der Dame, mit der ich telefonisch den Termin vereinbart hatte. Ich nannte meinen Namen, antwortete, als ich nach meiner Kasse gefragt wurde: „DEVK. Ich brauche aber nur eine

Entscheidungshilfe. Das übernehmen die nicht. Ich bezahle bar aus meiner eigenen Tasche."

„Brauchen Sie nicht", entgegnete die Dame mit freundlichem Lächeln. „Der Doktor findet schon was."

Ich musste nicht warten, konnte direkt durchgehen in einen Raum, der wie ein behagliches Wohn- oder Arbeitszimmer wirkte. Die Decken, wie in den Bürgerhäusern üblich, waren hoch und mit Stuckrosetten verziert. Pflanzen umrahmten ein großzügiges Fenster, Gemälde hingen an den Wänden. Ich erkannte einen Hundertwasser und einen Chagall. Es gab eine Sitzecke mit Couchtisch und Ledersesseln. Eine Wand war einem Regal vorbehalten, in dem sich Bücher reihten. In Nähe des Fensters stand ein wuchtiger, antiker Schreibtisch. Daran saß Mondmann, der sich jetzt bei meinem Eintritt erhob, mir mit einem Lächeln entgegenkam und die Hand schüttelte. Der Doc war groß. Ich schätzte ihn auf mindestens 1 Meter 90. Mit seinen runden Backen bekam sein Gesicht etwas freundlich Einladendes wie bei einem chinesischen Buddha. Hinter runden Brillengläsern, etwas verschmitzt wirkend, lächelten blaue Augen. Bei dem weißen Haarkranz, der den Kopf umrahmte, standen einzelne Büschel zur Seite und erinnerten an den Anblick einer Schleiereule. Ich schätzte den Doktor auf vielleicht 65 Jahre.

Er zeigte auf die Sitzecke. „Setzen wir uns dorthin und dann erzählen Sie, wo der Schuh drückt. Möchten Sie dabei einen Tee oder einen Kaffee oder ein Wasser?"

„Kaffee. Gerne", antwortete ich.

„Hildegard", rief Mondmann durch die noch offene Tür, „sei doch bitte so lieb und versorge uns mit zwei Tassen Kaffee!"

„Wenn Sie rauchen möchten", wandte er sich wieder mir zu, „hier dürfen Sie. Ich bin kein Fanatiker des gesunden Lebens. Die Hauptsache, die Seele hat ihren Frieden. Und wenn Sie zu dem Kaffee auch einen Cognac möchten, auch das ist erlaubt."

Er zwinkerte mir zu. „Der ist allerdings in meinem Schreibtisch. Hildegard muss nicht alles wissen."

„Au!" dachte ich. „Das ist zwar schön, der Service kann aber teuer werden." Noch kannte ich nicht das Beratungshonorar und wollte einer unangenehmen Überraschung vorbeugen.

„Ich muss Ihre Beratung privat bezahlen. Es ist nur eine Entscheidungshilfe. Meine Kasse übernimmt das nicht. Wie viel wird es sein?"

„Ach, was!" winkte Mondmann ab. „Natürlich übernimmt das Ihre Kasse. Es kommt nur auf einen triftigen Grund an. Da Sie, wie Sie sagen, vor einer Entscheidung stehen, welche auch immer es ist, werden Sie doch gewiss grübeln und weniger gut schlafen als sonst. Stimmt's?"

„Ja", sagte ich. „Stimmt schon."

„Sehen Sie, Sie leiden also an Insomnia mit traumatischer Genese. Das ist ein klinisch relevantes Symptom. Das muss behoben werden."

„Insommnia?"

„Schlaflosigkeit."

„Aber das ist doch nur wegen einer Frau", wandte ich ein.

„'Nur' sagen Sie! Sie verkennen den Ernst der Lage. Das ist für uns Männer der wichtigste und häufigste Grund. Ich habe da so meine Erfahrungen. In der Kindheit ist es die Mutter. Später die Freundin oder Ehefrau. Damit ist nicht zu spaßen. Das kann sogar auf dem Friedhof enden. Haben Sie überhaupt eine Ahnung, wie viele Männer schon von einer Frau ruiniert worden sind oder sich wegen einer Frau ruiniert haben?"

Ich zuckte mit den Schultern. „Darüber habe ich noch nie nachgedacht."

„Sollten Sie aber. Wie alt sind Sie jetzt?"

„66."

„Sehen Sie, Sie wünschen sich doch bestimmt noch mindestens zwanzig friedvolle Jahre. Das gelingt Ihnen aber nur ohne Frau oder mit der richtigen."

Wir setzten uns, und während ich in einen weichen Sessel sank, nickte Mondmann, der mir gegenüber Platz genommen und die Beine übereinander geschlagen hatte, zu und sagte: „So dann legen Sie mal los!"

„Ich bin seit einem Jahr verrentet", begann ich, „fühle mich wie in einem Vakuum, habe keinen richtigen Appetit, langweile mich, grübel viel über die Vergänglichkeit des Lebens, bin einsam und dachte, hätte ich doch wenigstens eine Frau. Aber alle Versuche scheiterten. Entweder wollte die Dame nichts von mir wissen oder ich nicht von ihr. Da kam ich auf die Idee, eine alte Liebe wieder aufzufrischen. Ich bin mir aber nicht sicher, ob diese Idee gut ist."

„Wie lange ist das denn her?"

„Zehn Jahre."

„Oh, oh! Das ist eine lange Strecke. Haben Sie denn zwischendurch einmal Kontakt mit ihr gehabt?"

„Nein. Nie."

„Sie wissen also nichts. Ob sie überhaupt noch lebt, vielleicht einen anderen hat. Wie alt ist die betreffende Dame denn?"

„So alt wie ich. 66."

„Und wie ist die Beziehung auseinander gegangen?"

„Ich weiß es nicht. Irgendwie war ich zermürbt, mit den Nerven am Ende. Sie redet viel, setzt Bedingungen für den Beischlaf und …"

Mondmann unterbrach mich. „Bedingungen für den Beischlaf? So, so. Welche?"

„Nun ja. Ich bin Eisenbahner und liebe es, ab und zu mit meiner Märklinbahn zu spielen. Sie findet das albern und lächerlich, will mir dieses Hobby verbieten. Und außerdem will sie mich immer zu Frauenveranstaltungen mitschleppen. Mir hängt das Thema zum Hals raus."

„Eine Feministin?"

„Ja. Aber eher eine gemäßigte."

„Nun", meinte Mondmann, „wenn Frauen ihre Rechte einfordern, ist nichts dagegen zu sagen. Aber Sie fühlten den häuslichen Frieden dadurch gestört?"

„Ja, so ziemlich. Mir gingen die Diskussionen auf den Wecker. Das fing schon beim Frühstück an und konnte sich ohne Beischlaf die ganze Nacht fortsetzen. Einmal war ich auch wegen meiner Prostata in Behandlung."

„Hmm. Und jetzt überlegen Sie sich tatsächlich einen neuen Versuch zu starten?"

„Ja. Mein Trieb hat nachgelassen. Man könnte sich arrangieren."

Mondmann warf mir einen skeptischen Blick zu, legte die Stirn in Falten. In diesem Moment betrat die Dame von der Rezeption den Raum mit einem Tablett. Sie schob zwei Tassen mit Untertellern und Löffeln auf den Tisch, eine Kanne mit Kaffee, eine Dose mit Zucker und ein Kännchen mit Milch. Dazu gab es noch eine Schale mit Gebäck.

„Danke, Hildegard!" sagte Mondmann. Als sie gegangen war, erhob er sich, ging hinter den Schreibtisch, setzte sich, öffnete an der Seite eine Tür, seine Hand erschien mit einer Flasche.

„Genehmigen wir uns erst einmal einen Cognac."

4

Mondmann hatte die Flasche Cognac auf den Schreibtisch gestellt, beugte sich noch einmal zu dem Schreibtischfach nach unten, seine Hand erschien mit zwei Gläsern. Er klemmte die Flasche unter den Arm, kehrte mit dieser Ausrüstung zurück zur Sitzecke, stellte alles auf dem Couchtisch ab, blieb zunächst noch stehen, holte aus seiner Jacketttasche eine Pfeife, eine Schachtel Streichhölzer und einen Beutel mit Tabak, legte das auch auf den Tisch. Dann wanderte er noch einmal durch den Raum zu einer Vitrine, kam mit einem Aschenbecher, setzte sich nun mir wieder gegenüber.

„Einen kleinen Schluck werden Sie doch nicht ablehnen", sagte er. „Wer Sorgen hat, braucht auch Likör."

Er sah mich freundlich an, lächelte und meinte: „Nun seien Sie mal ganz entspannt und machen sich keine Gedanken wegen des Honorars. Sollte

Ihre Kasse nicht zahlen, verlange ich von Ihnen keinen Cent. Sie müssen wissen, dass unsere Praxis hier sozusagen ehrenamtlich läuft. Das werden Sie auf der Website schon an den Öffnungszeiten gemerkt haben. Mittwoch bis Freitag jeweils von 11-14 Uhr. Das Haus gehört meiner Frau Hildegard, wir zahlen also keine Miete. Unsere Altersvorsorge ist gesichert. Das meiste Honorar bringt nicht die Praxis. Dafür sorgen Bücher zu Themen der Lebensführung und ein nicht unbedeutender Anteil stammt von meiner Unternehmensberatung. Bei manchen Konzernen hat es nämlich endlich geklingelt. Sie haben gemerkt, dass das Prinzip der Profitmaximierung und des stetig wachsenden Leistungsdrucks den Zug letztlich zum Entgleisen bringt. So habe ich mich also auf das Thema spezialisiert ‚Wohlfühlen am Arbeitsplatz' und führe entsprechende Beratungen durch. Die Krankschreibungen nehmen ab und die Leute kommen wieder gerne und mit einem viel fröhlicheren Gesicht. Von diesem Geld kann ich mir zwar keinen Hubschrauber leisten, aber es ist genug."

Was Mondmann da sagte, beruhigte mich. Ich wehrte nicht ab, als er mein Glas füllte, zog nun auch meinerseits Tabak aus der Jackentasche, dazu das Heft mit dem Papier, drehte mir eine Zigarette. Bei Irmgard hatte ich zur Strafe immer auf den Balkon gehen müssen. Jetzt empfand ich es als sehr angenehm und die Zunge lösend, gemütlich in einem Raum in einem Sessel sitzen zu können. Wo konnte man das noch? Selbst in der kleinsten Eckkneipe wurde man vor die Tür geschickt. Man war in unserer modernen Zeit umzingelt von Vegetariern, Veganern und Nichtrauchern. Gott sei

Dank hatten sie noch kein Rezept gefunden gegen die Sterblichkeit und waren bei aller strengen Lebensführung genauso davon betroffen wie der liederliche Mensch. Ich fasste etwas Mut, fragte Mondmann, wie das denn mit der Anstalt auf dem Venusberg gelaufen sei. Ich hätte in der Zeitung davon gelesen, aber den Fall nicht weiter verfolgt. Brandstiftung etwa durch Feministinnen?

„Nein, nein! Gar nicht", sagte er. „Die Frauen waren ja froh, dass ihre Männer entsorgt waren. Und den Männern ging es recht gut. Da wollte keiner mehr weg. Den Brand hat der Eigentümer des Heims gelegt. Ein Banker. Der Gewinn war ihm zu schmal. Da hat er auf etwas Lukrativeres spekuliert. Die Grundstückspreise da oben auf dem Bonner Berg sind nämlich exorbitant hoch. Das ist keine Gegend für Einrichtungen à la Mutter Theresa. Nun ja, das ist jetzt schon ein paar Jährchen her. Hier unten geht es uns gut. Da oben war es eigentlich verdammt viel Arbeit rund um die Uhr. Aber ich will nicht klagen. Es war okay, hat Spaß gemacht und diente vor allem einem guten Zweck. Verwirrung und Not bei den Männern unserer Gesellschaft sind nämlich ziemlich gestiegen. Wir haben keine festen Strukturen mehr wie früher etwa bei den Indianern. Aber glauben Sie deshalb bitte nicht, dass ich gegen Feminismus oder Powerfrauen bin. Im Gegenteil. Ich liebe und bewundere sie. Wie etwa eine Madame Curie oder Clärenore Stinnes, die Autorennen fuhr und 1927 mit einem Oldtimer die Welt umrundete. Das sind echte Powerfrauen. Daneben siedeln sich mit diesem Begriff nur leider allzu viele Zicken an, die die Männer in den Wahnsinn treiben."

Mondmann nahm einen Schluck Cognac, stopfte die Pfeife, zündete sie an, blies ein paar Kringel in die Luft, lehnte sich in seinem Sessel zurück. „Nun aber zu Ihnen und Ihrem Problem. Deswegen sind Sie ja hier und wir müssen nach einer Lösung suchen. Ich erzähle Ihnen jetzt meinen ersten Eindruck von Ihrem Problem."

5

„Nun", begann er, „Ihren ersten Informationen entnehme ich, dass Ihre Dame, wie heißt sie übrigens…?"

„Irmgard."

„Also… dass Irmgard die Dominante in Ihrer Beziehung war. Sie sprachen ja unter anderem davon, dass sie Sie zu Veranstaltungen ‚mitgeschleppt' hat. So haben Sie sich ausgedrückt. Eigentlich wollten Sie nicht, haben es aber ihr zuliebe gemacht. Oder vielmehr, sie wollten einem Streit ausweichen, die Harmonie bewahren und fürchteten womöglich die Verbannung aus ihrem Bett. Gab es auch den umgekehrten Fall? Sie wollten Irmgard zu einer Veranstaltung mitnehmen, an der Ihnen etwas lag?"

„Ja, ja, gab es schon. Einmal, das ist schon länger her, war der FC Bayern zu Gast beim Bonner SC, ein Pokalspiel. Da wollte ich Irmgard mitnehmen, hatte auch schon zwei Karten besorgt. Aber sie hat nur gemeint, ich sollte mir den Quatsch alleine angucken."

„Und? Haben Sie?"

„Nein. Ich habe die Karten verfallen lassen."

„Sehen Sie! Sie haben auf etwas verzichtet, was Sie gerne gemacht hätten. Allein sind Sie dann nicht mehr hingegangen, weil Irmgard Ihnen mit ihrem Kommentar die Laune verdorben hat. Sie hat Ihnen den Gang ins Stadion vermiest. Ist sie manchmal auch zornig geworden?"

„Ja, das konnte sie. Widersprach man ihr, war sie leicht erregbar. Ab und zu hat sie in die Obstschale gegriffen und mich mit Apfelsinen oder Bananen beworfen. Und einmal, da stand ich vor ihr, hatte meinen rechten Zeigefinger erhoben und gesagt: ‚In dem Ton redest du bitte nicht mit mir!' Da hat sie blitzschnell meinen Zeigefinger gepackt, sich in den Mund geschoben und zugebissen. Ich habe stark geblutet."

„So, so. Und Ihre Reaktion?"

„Ich habe mich für zwei Nächte in ein Bonner Hotel zurückgezogen. Aber dann fühlte ich mich allein, hatte Sehnsucht und bin zurückgekehrt."

„Wie lange hat Ihre Beziehung gedauert?"

„Fünf Jahre. Da habe ich bei ihr als Untermieter gewohnt."

Mondmann zog an seiner Pfeife, blies einen Kringel in die Luft. „Untermieter", kommentierte er, „ein trefflicher Ausdruck. Mehr waren Sie auch nicht. Aber immerhin, nach fünf Jahren hatte sich bei Ihnen der ganze Ärger so aufgestaut, dass es zur Trennung gekommen ist. Sie sind geflohen oder vor die Tür gesetzt worden?"

„Geflohen. Ich habe bei der Bundesbahn als Zugbegleiter gearbeitet, fast immer von Bonn nach Basel und dann wieder zurück. Und einmal, ich hatte vorher schon vorsorglich einen Resturlaub genommen, bin ich einfach in Basel geblieben

23

beziehungsweise drei Tage später über Mailand und Rom nach Sizilien gefahren."

„Aha! Und dann?"

„Bin ich zehn Tage in Palermo geblieben und schließlich wieder zurück nach Bonn gefahren."

„Zu Irmgard?"

„Nein. Ich habe in Bonn-Beuel ein Monteurzimmer gemietet und mir danach eine Wohnung gesucht. Jetzt wohne ich in Brohl."

„Sie haben mit Irmgard geredet, sie noch einmal getroffen, mit ihr telefoniert? Sie hat Sie doch gewiss angerufen."

„Nein. Konnte sie nicht. Ich habe mir eine neue Handynummer besorgt. Den alten Chip hatte ich schon in Basel herausgenommen."

„Und Ihre Besitztümer? Irgendwas hat der Mensch ja."

„Ich habe alles zurückgelassen."

„Auch Ihre Märklinbahn?"

„Auch die. Jetzt habe ich eine neue."

Mondmann zog an seiner Pfeife, schüttelte den Kopf, lächelte.

„Sie sind mir ja vielleicht ein Vogel! Ein echter Fluchttyp, mit Verzögerung. Aber sagen Sie, wie war das denn auf Sizilien? Wie haben Sie sich gefühlt?"

„Ganz gut. Hat Spaß gemacht."

„Auch ohne Ihre Märklinbahn?"

„An die habe ich gar nicht mehr gedacht."

„So, so! Darf ich vermuten, dass eine Frau ihre Hände im Spiel hatte?"

„Eigentlich nicht. Obwohl…" Ich zögerte. Musste der Doc alles wissen? Andererseits war er an die Schweigepflicht gebunden.

„Obwohl? Was…?"

24

„Nun ja. Ich habe in Palermo in einem Hotel gewohnt. Da gab es ein deutsches Zimmermädchen, das ein Praktikum machte. Sie kümmerte sich auch um mein Zimmer. Einmal kam sie sozusagen außerhalb der Reihe, ließ sich auf dem Zimmer in einen Sessel fallen, sah mich nur an und sagte nichts. ‚Was ist denn?' habe ich gefragt. Sie hat nur den Kopf geschüttelt, gemeint ‚kann ich nicht sagen'. Dann ist sie aufgestanden, wollte das Zimmer verlassen. Ich habe mich vor sie gestellt und noch einmal gefragt: ‚Was ist es denn? Warum sind Sie so stumm?' Da hat sie den Kopf gesenkt und gesagt: ‚Ich bekomme immer…' - ich zögerte einen Moment - „Herzklopfen, wenn ich Sie sehe.'"

Mondmann hatte mein Zögern bemerkt, hob fragend die Augenbrauen. Wahrscheinlich war ihm wegen meines Zögerns, bestimmt wurde ich auch noch rot dabei, aufgefallen, dass ‚Herzklopfen' nicht der ursprüngliche Ausdruck war. Recht hatte er. Was das Zimmermädchen gesagt hatte, war viel direkter gewesen und wir landeten auch nur eine Minute später im Bett.

„Hmm", meinte er schließlich: „Und Sie? Was haben Sie geantwortet?"

„Ich habe gesagt ‚Das ist doch schön!' und sie in den Arm genommen."

Der Doc zog an seiner Pfeife, beugte sich aus dem Sessel vor. „Na sehen Sie! Geht doch!"

6

„Irmgard, Herr Winter", fuhr Mondmann fort, „scheint mir nicht das einzige Problem zu sein. Sie sprachen ja von Vereinsamung und Langeweile seit Ihrer Verrentung. Richtig?"

„Ja, ja, stimmt schon. Ich habe zwar bei Facebook hundert Freunde, kenne aber keinen persönlich. Ich habe mir auch ein Smartphone zugelegt, bin aber an der Betriebsanleitung, ein Handbuch von 180 Seiten, gescheitert. Und vor zwei Wochen bin ich aus meinem Online-Banking rausgekegelt worden, weil mir die Telekom meine Handykarte gesperrt hat. Ich hatte zu selten telefoniert und aufgeladen. Das zog einen Rattenschwanz von Problemen nach sich. Ich konnte meine Rundfunkgebühren nicht mehr bezahlen, Mahnungen kamen, jetzt befürchte ich, dass mir auch der Strom abgestellt wird."

„Dann wechseln Sie doch bei Ihrer Bank einfach das Online-Verfahren. Weg von SMS und Telefonnummer. Chip-TAN geht ganz gut. Da bekommen Sie ein kleines Gerät, können selbst Ihre TAN-Nummer generieren."

„Hab' ich ja versucht. Aber ich bin schon an der Anmeldung gescheitert und war einem Nervenzusammenbruch nahe. Zwar hatte ich eine Bedienungsanleitung, aber diese ‚Generation Smartphone' schafft es nicht, für einen Einsteiger eine verständliche und lückenlose Bedienungs-anleitung zu verfassen. Fehlt in der Beschreibung ein Zwischenschritt, den die einfach voraussetzen, weil er denen selbstverständlich ist, hängen Sie da, sind gescheitert. Das Gerät liegt jetzt unbenutzt in meiner Schreibtischschublade. Das geht auf die Nerven. Überall Automaten, Warteschleifen, Computer, Passwörter, PIN-Nummern. Das kann man sich ja gar nicht mehr merken. Wenn ich Diktator wäre, würde ich diese ‚Generation

Smartphone' zu einem Überlebenstraining im Wald verpflichten. Dann könnten die versuchen, Kaninchen digital zu fangen."

Mondmann lächelte, nickte, zog an seiner Pfeife. „Nun gut", meinte er, „Sie werden sich mit der modernen Welt arrangieren müssen. Sonst können Sie überall hin zu Fuß laufen. Reiten wie die Indianer geht nicht mehr. Sie müssen Kompromisse eingehen. Oder wollen Sie sich als Eremit in den Wald setzen?"

„Manchmal kommt mir der Gedanke. Da wäre ich näher dran an der Wirklichkeit."

„Irmgard, vermute ich, käme da aber nicht mit", warf Mondmann ein. „Und überhaupt keine Frau. Ich will das jetzt nicht ausmalen. Spätestens im Winter wäre Schluss mit der vermeintlichen Idylle. Sie müssen Ihren Widerstand gegen die moderne Welt aufgeben. Sie haben doch jetzt Zeit. Aber ich vermute, es gibt noch ganz andere Probleme. Das seelische Rentenloch. Sie werden nicht mehr gebraucht. Ins Bewusstsein prägt sich deutlich ein, dass von der Lebenszeit das meiste abgelaufen ist. Das untere Häufchen in der Sanduhr ist größer als oben der unbekannte Rest. Das kann zu Verstimmungen führen. Vor allem bei sensibleren Menschen, die eine Sinnfrage nicht verdrängen wollen. Aber ob Irmgard Ihnen den Sinn geben kann, darf ich bezweifeln. Haben Sie es einmal mit der Religion versucht?"

Ich schüttelte den Kopf. „Ja und Nein. Natürlich mache ich mir Gedanken darüber. Aber wie soll ich das lösen? Gibt es einen Gott oder gibt es keinen? Und wenn. Ist er christlich, hinduistisch, islamisch oder werde ich von einem Geburtenkreislauf gesteuert, der in einem Nirwana endet? Oder soll ich an einen Urknall glauben? Was ist das? Wo kommt der Knall her? Was war vor dem Knall? Nichts? Wie kann aus einem Nichts ein Knall entstehen? Ja, Herr Dr. Mondmann, das sind Fragen, die mich ab und zu richtig quälen. Da möchte ich meinen Kopf einfach im Schoß einer Frau vergraben und nichts mehr wissen."

Mondmann nickte, sah mich aufmerksam und durchaus freundlich an und meinte dann: „Ja, ja, ich sehe. Sie sind nahe dran an der griechischen Tragödie und dem Spruch des Sophokles ‚Ach, wäre ich nie geboren!' Aber das kriegen wir schon hin. Schritt für Schritt. Wenden wir uns wieder Irmgard zu und dem Sinn und überhaupt den Chancen eines, wenn ich es so ausdrücken darf, Aktivierungspotentials. Wozu natürlich zwei Seiten gehören. Die eine Seite will aktivieren, und die andere muss natürlich bereit sein es zuzulassen. Da Sie aber vom jetzigen Zustand dieser Dame nichts wissen, beschäftigen wir uns erst einmal mit der Sinnfrage. Ist es für Ihr Seelenleben überhaupt förderlich, einen neuen Versuch zu starten, nachdem die Beziehung zunächst einmal gescheitert ist? Haben Sie selbst sich geändert? Sind Sie zu neuen Einsichten gekommen, die ein solches Risiko rechtfertigen? Ich mahne vorab zur Vorsicht. Allzu schnell ist man bereit, in das alte Gefängnis zurückzukehren, wenn einem die Welt da draußen nicht gefällt. Sie wissen nicht, ob Irmgard ihr Dominanzgebaren abgelegt hat. Hat sie es nicht, kehren Sie als Sklave zweiter Klasse zurück. Vorher waren Sie wenigstens einer der ersten Klasse. Ich möchte Sie, falls Sie diesen Versuch unternehmen, nicht scheitern sehen. Glauben Sie mir, in dem Heim auf dem Venusberg habe ich krasse und durchaus symptomatische Fälle erlebt. Es erwartet einen kein gutes Leben, wenn man sich einer Frau fügt. Das fängt schon mit dem Hinhocken auf der Toilette an. War das so?"

„Ja. Da war ein großes Schild über der Toilettenschüssel. ‚Wir müssen uns setzen!'"

„Haben Sie?"

„Ja. So genau zielen kann man in meinem Alter nicht mehr."

Das Thema war mir unangenehm. „Sie sprachen eben von ‚krassen Fällen'", lenkte ich ab. „Können Sie mir ein Beispiel nennen?"

„Dutzende", meinte er. „Da gab es zum Beispiel im letzten Jahr der Klinik beziehungsweise des Heims den Fall Wenzel. Alfons Wenzel war Studienrat. Hier in Bonn. Nicht unintelligent, freundlich und zuvorkommend. Wenzel war mit einer Frau verheiratet, die ihm beigebracht hat, wie man Kuchen backt, putzt, den Haushalt in Ordnung hält und überhaupt auf alle Belange und Wünsche der modernen Frau eingeht. Eigentlich ein Traumpartner, der alle Machoallüren abgelegt hatte. Und dann geschieht eben das Widersprüchliche und Rätselhafte. Wenzel war seiner Frau langweilig geworden. Die Frau beginnt eine Affäre mit einem Marokkaner. Wenzel ist davon so irritiert und durch den Wind, dass er nackt auf die Straße läuft und in irgendeinem Vorgarten jammernd zusammenbricht. Erst war er in der offiziellen Psychiatrie, danach kam er zu mir und hat sich langsam wieder erholt. Also Vorsicht bitte, was Frauen einem als Verhaltensregel beibringen wollen. Der Schuss kann nach hinten losgehen. Also das müsste die Lektion eins sein, falls Sie wirklich einen neuen Start versuchen. Hat

Irmgard ihre Dominanz aufgegeben? Wenn nicht, tappen Sie in ein größeres Unglück, als sie es vorher hatten."

7

„Nach einer neuen Frau umgesehen haben Sie sich aber schon oder nicht?" fragte Mondmann. „Sie haben es zumindest angedeutet und gesagt: ‚Alle Versuche scheiterten.'"

„Ja, das ist richtig. Ich war im Internet unterwegs, war Mitglied beim ‚Dating Café'. Aber aus den ganzen Treffen ist nichts geworden."

„Warum?"

„Es machte einfach nicht ‚Klick'. Außerdem haben mich die Ansprüche abgeschreckt. Als Mann durfte man keine Altlasten haben, man sollte romantisch sein und zugleich mit beiden Beinen auf der Erde stehen, Unternehmungslust wurde gefordert, Reisefreudigkeit, Singen beim Wandern, Zuneigung zu Katzen, Furchtlosigkeit vor Powerfrauen, Humor und Ernsthaftigkeit, Intelligenz und herzliche Naivität, und der IQ sollte auch nicht zu gering sein. Man sollte rauchfrei sein, höchstens ein Gläschen Wein am Kaminfeuer trinken und noch einiges mehr. Eine ganze Liste von Anforderungen. Außerdem suchten die meisten Frauen in meinem Alter etwas Jüngeres."

„Das war also alles frustrierend und Sie haben es dann seingelassen?"

„Ja. Nach dem zehnten Treffen war Feierabend. Da wollte ich nicht mehr."

„Sie haben auch keine anderen Wege gesucht?"

„Was denn?"

„Na, Tanzen zum Beispiel. Unsere Eltern haben sich ja auch ohne Internet kennengelernt. In Ihrer Umgebung gibt es doch bestimmt solche Gelegenheiten. Tanzcafé in einem Kurhaus etwa. Oder es gibt da, wie ich einmal gehört habe, ganz in Ihrer Nähe den ‚Singenden Wirt‘, ein Weinlokal, wo draußen steht ‚enge Tanzgelegenheit‘. Da müsste sich doch was finden lassen. Oder hier in Bonn kann ich Ihnen vorschlagen die ‚Lustige Witwe‘. Da kann man zwar nicht tanzen, kommt aber leicht ins Gespräch.“

Ich schüttelte den Kopf. „Nein, Tanzen ist nichts für mich. Ich bin da zu unbeholfen. Und was das Gespräch betrifft, ich bin zu schüchtern, finde keinen Einstieg. Ich habe es ja einmal versucht, war am Sonntagnachmittag beim Tanzcafé in einem Kurhaus.“

„Und?“

„Na ja. Ich bin hinein, erst einmal kurz hinterm Eingang stehengeblieben, habe mir das angeschaut. Lüsterne Greise wollen … äh … reife Damen erobern. Ich hab‘ mich an die Theke verkrümelt und ein paar Bier getrunken, wurde irgendwie melancholisch.“

Mondmann blies wieder einen seiner Kringel in die Luft, der kunstvoll der Decke entgegenwaberte.

„Ja, ja, verstehe. Die prämortale Traurigkeit.“

„Prämortale Traurigkeit?“

„Wenn man ins Alter gekommen ist, denkt man öfter an den Tod. Das ist nicht gemütserheiternd. Was haben Sie an der Theke gedacht?“

„Da war eine junge hübsche Bardame. Die würde ich gerne … äh … anknabbern.“

„Na bitte! Zumindest das Auge bleibt jung. Haben Sie denn etwas unternommen?“

„Nein. Ich wollte mich nicht lächerlich machen."

„Verständlich", sagte er. „Aber Zurückhaltung ist nicht die Lösung Ihres Problems. Ob das Auffrischen einer alten Beziehung es sein kann, müssen wir noch herausfinden. Haben Sie in Ihrer Einsamkeit denn wenigstens ein Haustier?"

„Nur ein Aquarium", antwortete ich.

„Mit Goldfischen?"

„Nein, mit zwei Barschen vom Tanganjika-See. Das sind Maulbrüter. Es ist ganz interessant, denen bei der Aufzucht von Jungen zuzusehen."

„Glaube ich Ihnen, lieber Herr Winter. Aber keine Dame wird bei Ihnen schellen, um sich Ihr Aquarium anzusehen. Wie wäre es stattdessen mit einem Hund? Da ergeben sich beim Ausführen Kontakte. Mögen sich die Hunde, können Sie auch die Dame zu einer ersten Tasse Kaffee einladen. Zumindest sind Sie schon einmal in einem Gespräch. Sie beschnüffeln sich, was ich natürlich sinnbildlich meine, und dann ergibt sich Weiteres. Auf jeden Fall hätten Sie für ein erstes Gespräch einen schönen Einstieg. Wie heißt der Hund? Wie alt ist er? Und so weiter. Vom Hund zum Menschen. Das klappt oft vorzüglich."

Ich nahm einen Schluck Cognac, legte die Stirn in Falten, murmelte: „Einen Hund, einen Hund. Ich will aber keinen Hund, sondern eine Frau."

„Ja, ja, ist mir schon klar", meinte Mondmann. „Der Hund ist ja nur das Mittel zum Zweck. Wobei…" Er strich sich jetzt mit der Hand gedankenvoll über das Kinn. „…wobei Sie den Hund natürlich nicht einfach weggeben dürfen, haben Sie Ihr Ziel erreicht. Sie könnten es bereuen. Der Hund ist oft der bessere Freund."

Er machte eine kleine Pause, fuhr dann fort: „Gibt es denn nicht noch andere Möglichkeiten für Sie? Sie treten einem Verein bei. Boule zum Beispiel. Das ist nicht anstrengend. Oder Sie singen in einem Chor. Da singt man nicht nur. Es ergeben sich auch engere Bekanntschaften. Für den einfachen lokalen Chor wird Ihre Stimme doch ausreichen. Sie müssen sich ja nicht bei den Domspatzen bewerben. Über das Singen haben sich schon viele Paare gefunden. Man geht nach der Veranstaltung oder der Probe noch einen Wein trinken. Da wird weiter gesungen. Die Lieder werden jetzt etwas lockerer. Ich denke etwa an ‚Lilly Marleen' oder ‚Der Nowak lässt mich nicht verkommen'. Oder Sie studieren einen Song von Frank Sinatra ein und geben den nach dem zweiten oder dritten Glas zum Besten. Manches Frauenherz würde dahinschmelzen und Ihnen entgegenfliegen, wenn Sie ‚My Way' singen. Geben Sie sich dabei ruhig etwas verrucht. Eine Frau sucht doch keinen braven Mann. Als Sänger haben Sie in unserer Gesellschaft immer noch die besten Chancen. Oder studieren Sie ‚Für mich soll's rote Rosen regnen'. Das kommt an. Sagen Sie bloß nicht, Sie könnten nicht singen. Nach einer Zigarre und einem doppelten Whisky können Sie das. Und schauen Sie der Frau, die Sie ausgewählt haben, in die Augen und wecken Sie in ihr das Liederliche, die Lust am Abenteuer. Das können Sie auch mit einem leckeren Menu. Können Sie überhaupt kochen? Wie ernähren Sie sich?"

„Kochen? Ich bin allein. Was soll ich groß kochen? Ich mache mir Dosen auf oder nehme etwas aus der Tiefkühltruhe. Wozu gibt es Fertiggerichte?"

„Für Leute, die keine Zeit haben. Aber die haben Sie doch. Sie müssen Ihre Möglichkeiten, Ihre Chancen erkennen, Herr Winter, bevor Sie das Risiko mit Irmgard eingehen und eventuell einem neuen Unglück entgegensteuern. Ich will Ihnen Irmgard nicht ausreden, Sie nur zu einer eigenen Entscheidung führen und Ihnen andere Möglichkeiten ins Bewusstsein rufen. Basteln Sie ruhig auch an Ihrem Auftreten, an Ihrer Erscheinung. Es muss ja nicht die dezente Rentnerkleidung sein, die Sie jetzt tragen. Jeans, indianische Mokassins, ein marokkanisches Hemd und eine saloppe Lederjacke stehen Ihnen auch gut. Und verraten Sie bloß nicht beim ersten Date, dass Sie noch mit Ihrer Märklinbahn spielen und sich ein Schaffnermützchen aufsetzen. Es heißt zwar in der Bibel „Werdet wie die Kinder!", aber das gilt eben für die Bibel und nicht für den Eintritt in das Leben einer Frau. Sie müssen auch nicht gleich sagen, dass Sie vierzig Jahre zwischen Bonn und Basel hin und her gefahren sind. Machen Sie es etwas geheimnisvoller. Sie hatten geschäftlich in der Schweiz und in Italien zu tun. Haben Sie übrigens ein Auto?"

„Nein. Ich nutze die Freifahrten der Bundesbahn. Ich habe noch nicht einmal ein Fahrrad."

Mondmann winkte ab. „Fahrrad brauchen Sie auch nicht. Auto eigentlich auch nicht. Aber geben Sie um Himmels Willen beim ersten Treffen nicht an, dass Sie es sich nicht leisten können. Sie sollen auch nicht lügen. ‚Mein Porsche steht gerade in der Werkstatt.' Hat die Dame einen grünen Touch, führen Sie Ihr Umweltbewusstsein an. Es geht doch nicht, dass die Polkappen schmelzen und die

Eisbären aussterben, bloß weil wir nicht von unseren Automobilen loskommen. Wenn Sie ganz clever sind, legen Sie sich eine ehrenamtliche Tätigkeit zu. Das Ministerium für Umwelt und Forstwirtschaft in Rheinland-Pfalz sucht zum Beispiel regionale Wolfsberater. Sie wissen ja, dass wir seit einiger Zeit Wolf-Erwartungsland sind. ‚Wolfsberater' macht bei den Damen gewiss Eindruck und gemahnt sie zugleich auch zur Vorsicht. Sie schlagen also zwei Fliegen mit einer Klappe. Und ganz gewiss würden Sie selbst daran wachsen, durch den Eifelforst zu gehen und auf Wölfe zu achten. Wobei der Wolf, nebenbei bemerkt, mir weniger gefährlich scheint als Ihre Rückkehr zu Irmgard."

Ich hatte mir Mondmanns Ausführungen schweigend und auch staunend angehört. Vielleicht hatte er recht, und ich sollte es wirklich noch einmal auf anderen Wegen versuchen, statt den zunächst bequemen Versuch zu wagen, bei Irmgard anzurufen oder direkt bei ihr zu klingeln. Aber Wolfsberater werden?

8

„Wie soll das gehen, Wolfsberater?" fragte ich nach einer Weile. Ich war neugierig geworden. „Soll ich wie Rotkäppchen durch den Wald laufen, Wölfen begegnen, ihnen helfen, sie beraten?"

„Unsinn!" entgegnete Mondmann. „Sie beraten natürlich nicht die Wölfe, sondern die Schäfer und Bauern der Umgebung, die dem Wolf ablehnend gegenüberstehen. Und Sie klären ängstliche Spaziergänger und Wanderer auf. Der Wolf ist ein scheues und liebes Tier. Er ist nicht so wie im Märchen beschrieben. Die Brüder Grimm haben sich da etwas ausgedacht. Ein Wolf verführt keine Mädchen, frisst auch keine Großmütter und legt sich dann satt ins Bett. Also, um Wolfsberater zu werden, melden Sie sich bei Ihrem zuständigen Forstamt. Dort bekommen Sie einen Termin für eine Fortbildung, ein Seminar. Das wird von der Landesregierung in Mainz durchgeführt. Sie können sich auch beim Forstamt für den Nationalpark Eifel anmelden. Sie werden über das Verhalten des Wolfes aufgeklärt. Anschließend werden Sie einen Besuch in einem Wolfsreservat machen. Die gibt es zum Beispiel im Saarland, im Hunsrück. Auch in der Eifel, in Gerolstein. Dort findet ein erstes Kennenlernen statt zwischen Ihnen und dem Wolf. Haben Sie Ihre Ausbildung abgeschlossen, gehen Sie Ihrem lokalen oder regionalen Förster zur Hand, besuchen Hirten und Bauern, streifen durch den Wald und halten die Augen auf."

„Bekomme ich auch ein Gewehr?"

„Aber nein! Der Wolf ist wie gesagt ein liebes Tier. Da müssten Sie sich eher vor einem Wildschwein fürchten. Und wie schon bemerkt, Herr Winter, Frauen sind fasziniert von Wölfen. Die fahren oder fliegen sogar nach Alaska und Sibirien, um einem Wolf zu begegnen. Als Wolfsberater werden Sie ungemein attraktiv. Da wir gerade bei diesem Thema sind. Lesen Sie auch Bücher, Herr Winter?"

„Selten. Früher mal. In der Schule. Jetzt reicht mir das ‚Brohler Abendblatt'."

„Dann sollten Sie darüber hinaus das Buch ‚Wolfssonate' lesen. Von Hélène Grimaud, einer französischen Pianistin, ein Weltstar. Sie hat ein eigenes Wolfsgehege. Sie können daraus vor Ihrem Lehrgang schon viel über Wölfe lernen und mit eigenen Vorurteilen aufräumen. Sie gehört auch in die wirklich lange Liste von echten Powerfrauen, die ich verehre. Sie selbst bezeichnet sich natürlich nicht wie alle wirklich starken und eigenständigen Frauen als Powerfrau. Das tun nur die, die uns Männern das Leben schwer machen. Sobald eine Frau sich Ihnen gegenüber als ‚Powerfrau‘ bezeichnet, machen Sie bitte einen Bogen darum, sonst wird es ungemütlich. Wie ist das bei Ihnen mit Irmgard? Hat sie auch diesen Ausdruck benutzt?"

Ich überlegte, schüttelte dann den Kopf. „Nein, hat sie nicht."

„Na, wenigstens etwas", meinte Mondmann. „Da haben wir ja einen Pluspunkt. Aber es bleibt die Dominanz, die eine Beziehung gruselig machen kann. Wozu, lieber Herr Winter, natürlich immer zwei gehören. Einer, der beherrscht und einer, der sich beherrschen lässt. Haben Sie denn, abgesehen von Ihrer Flucht und einem angebissenen Zeigefinger, sonst noch aufbegehrt?"

Ich schüttelte wieder den Kopf. „Eher nicht. Ich liebe Harmonie und Frieden."

„Ja, ja. Aber es geht auf Kosten des eigenen Seelenlebens und führt letztlich in die Katastrophe. Man fühlt sich doch mies, wenn man immer etwas vorgeschrieben bekommt. Die meisten resignieren, verkümmern oder sterben früh. Immerhin haben Sie die Signale erkannt und die Flucht ergriffen. Zwar erst nach fünf Jahren, aber ich gebe zu, dass es schwierig ist, jemandem das Dominanzgebaren auszutreiben. Man kann ja nicht gleich mit der Shakespeare-Methode kommen."

„Shakespeare?" unterbrach ich ihn.

„Ach so, Sie lesen ja nicht. Das war ein englischer Dichter. Er hat unter anderem ‚Der Widerspenstigen Zähmung' verfasst. Ein Theaterstück. Einer herrischen Frau werden die Flausen ausgetrieben. Das Verhältnis kehrt sich um. Danach ist der Mann der Dominante. Aber solch eine Umkehrung mit einer ebenso krassen wie blödsinnigen Methode wie bei Shakespeare wollen wir ja auch nicht."

„Krasse Methode?" fragte ich neugierig.

„Ja. Funktioniert nur in einer absolut patriarchalischen Welt, wenn die Frau abhängig ist, also zum Beispiel kein eigenes Geld hat. Dann kann der Mann wie bei Shakespeare zur hellen Mittagszeit zu der Frau sagen: ‚Sieh mal, wie schön heute der Mond scheint!' Sie wird ihm zuerst widersprechen. ‚Nein, das ist doch die Sonne!' – ‚Es ist der Mond', beharrt der Mann. ‚Wenn du das nicht einsiehst, bekommst du kein Geld mehr und wirst aus dem Haus verbannt.' Da die Frau völlig abhängig ist, wird sie schließlich einlenken und sagen: ‚Ja, du hast recht. Es ist der Mond.'

Herr Winter, wollen wir so etwas? Nein, natürlich nicht. Auch wenn es einem zunächst angenehm und bequem vorkommen mag, so als sei man ein arabischer Scheich. Aber Sie sind kein Scheich. Statt Gehorsam zu ernten, bekommen Sie von der Frau den Vogel gezeigt. Völlig zu recht. Meint die Frau es gut mit Ihnen, werden Sie bei einer solchen Methode zum Augenarzt geschickt oder sie reserviert Ihnen einen Platz in der Psychiatrie. Aber wenn Sie Wolfsberater werden, ist das eine ganz andere Geschichte. Das hat Potential."

9

„Lassen Sie mich dazu etwas ausführlicher werden und ein paar Bemerkungen vorausschicken", sagte Mondmann. „Möchten Sie noch etwas Cognac?"

Ich hatte mein Glas geleert. Immerhin saß ich schon fast eine Stunde bei dem Psychiater, der sehr viel Zeit zu haben schien. Ich zögerte einen Moment, antwortete dann: „Ja, warum nicht. Ich muss den Zug zurück weder führen noch begleiten. Außerdem haben Sie eine ganz vorzügliche Marke. Weich, mild, angenehm."

„Oh ja! Das ist ein Delamain Venerable aus einer der traditionellsten Destillerien Frankreichs. Er ist über 50 Jahre alt, gereift in einem Eichenholzfass. Von daher hat er seine Bernsteinfarbe."

Mondmann griff nach der Flasche, hielt sie hoch gegen das Licht, das vom Fenster her einfiel.

„Sehen Sie die goldenen Reflexe?" fragte er. „Das ist typisch für diesen Cognac."

Ich sah den Cognac nun tatsächlich schimmern und leuchten wie Bernstein, den man ins Licht hält. Mondmann füllte mein Glas großzügig nach. Er selbst hatte bisher wenig getrunken. Und wenn, dann nahm er nur einen winzigen Schluck, behielt ihn länger am Gaumen, schmeckte mit der Zunge und sah dabei genießerisch hoch zur Decke. Wahrscheinlich war dieser Cognac ziemlich teuer. Aber ich hatte kein schlechtes Gewissen. Er würde von der VEK ein schönes Honorar bekommen. Er machte auch nicht den Eindruck, als würde er am Bettelstab gehen und sei auf eine Vielzahl an Patienten angewiesen. Er leistete sich den Luxus, einem Klienten viel Zeit und Muße zu widmen.

„So, Herr Winter", setzte er die Beratung fort. „Die Vereinsamung, über die Sie klagen, ist nicht ungefährlich. Das ist nicht nur eine rasch vorübergehende depressive Verstimmung. Es ist übrigens ein typisches und um sich greifendes Symptom unserer Gesellschaft. Besonders zeigt es sich, wenn man aus dem Berufsleben ausscheidet und plötzlich einem Vakuum gegenübersteht. Es heißt zwar immer, wenn ich erst verrentet bin, dann erfülle ich mir meine Träume und tue Dinge, für die ich vorher keine Zeit hatte. Aber das ist ein Trugschluss. Die meisten fallen in ein Loch und werden apathisch. Hinzu kommt ein schmal gewordener Geldbeutel, der in vielen Fällen Existenzsorgen bereitet. Es verwundert mich nicht, wenn auch Sie in solch ein Loch gefallen sind. Als Zugbegleiter hatten sie einen abwechslungsreichen und verantwortungsvollen Beruf. Sie mussten ja nicht nur Fahrkarten kontrollieren, sondern, wie ich mir vorstelle, auch freundlich und kommunikativ sein. Auskünfte erteilen, eventuell einen Streit schlichten, für die Sicherheit sorgen. Da war bestimmt noch einiges mehr. Jedes Mal auf einer Fahrt begegneten Sie vielen Menschen. Sie mussten auch Konfliktsituationen lösen. Wenn zum Beispiel jemand schwarz fuhr. Vielleicht haben Sie dabei auch attraktive Frauen kennengelernt. Ich will nicht sagen, dass Sie das ausgenutzt haben, wenn etwa eine Frau keinen Fahrschein hatte. ‚So, so! Ihr Hund hat das Ticket gefressen. Das soll ich Ihnen glauben? Was machen wir denn da? Bis wohin fahren Sie denn? Bis Basel? Nun ja. Wissen Sie was, ich sehe von einer Anzeige ab. Dafür laden Sie mich in Basel zu einer Tasse Kaffee ein.' So etwas haben Sie natürlich nicht gemacht. Aber es wäre theoretisch möglich gewesen. Und dann sind Sie auf einmal raus aus dem Berufsleben, ziehen sich zurück, begegnen kaum noch Menschen. Das ist gefährlich. Das macht krank. Sie haben auch offensichtlich keine Leidenschaft, der Sie nun mit viel Zeit nachgehen könnten. Wenn Sie glauben, eine Frau könnte Sie aus diesem Zustand erlösen, irren Sie. Das müssen Sie zunächst selbst machen.

So, jetzt sage ich Ihnen, was Ihnen als Wolfsberater Schönes passieren kann. Sie werden eine neue Leidenschaft entdecken. Es gibt nämlich auch eine gute Einsamkeit oder sagen wir besser ein gutes, heilvolles Alleinsein. Sie werden nicht nur mit Hirten und Bauern reden, wie ein Indianer Fährten vermessen, sondern dürfen die Nacht ab und zu allein auf einem Hochsitz am Rand einer Lichtung verbringen. Mit einem Nachtfernglas, mit einer besonderen Kamera, um den Wolf zu erwischen. Sie werden an Baumstämmen Videokameras anbringen und kontrollieren, ob ein Wolf vorbeigekommen ist. Sie verbringen eine lauschige Sommernacht auf dem Hochsitz, schauen zu den Sternen, haben ein Fläschchen Wein dabei. Und dann merken Sie auf einmal, wie schön die Welt ist. Sie müssen sich keine Sinnfragen mehr stellen, über die Religion grübeln. Die lässt sich nämlich nicht mit dem Kopf finden, sondern nur mit dem Gefühl. Und auf einmal lachen Sie über den Blödsinn vom Urknall. Jetzt sind die Sterne nicht irgendwelche Galaxien. Der Himmel ist kein Himmel, sondern ein Firmament. Und die Welt keine Chaosveranstaltung, sondern eine Schöpfung. Sie bekommen in der Schönheit der Nacht einen ganz anderen Zugang zum Leben. Ihre Tätigkeit wird zu Ihrer Leidenschaft, füllt Sie ganz aus und vertreibt alle Grillen. Sie ändern sich, verwandeln sich und Sie bekommen auch einen ganz anderen Zugang zu Frauen.

Wenn Sie einer Frau von Ihrer Märklinbahn erzählen, wird die kaum sagen: ‚Oh! Das ist aber schön. Darf ich mitspielen?' Nein, das wird nie passieren. Wenn Sie aber von Ihrer Tätigkeit als Wolfsberater berichten und von den schönen, spannenden, romantischen Nächten auf dem Hochsitz und von Ihren Beobachtungen, dann sollen Sie mal sehen, wie die Frau geradezu darum bettelt, mitkommen zu dürfen, um endlich einmal einem Wolf zu begegnen. Sie sehen also, welche Chancen diese Tätigkeit bietet. Nun ja, es ist ehrenamtlich. Aber müssen wir immer nach dem Geld trachten? Das Honorar ist hier doch eine wunderbare Verwandlung Ihrer Persönlichkeit. Das ist mit Geld gar nicht zu bezahlen. Also bevor Sie es mit Irmgard wieder versuchen, sollten Sie erst einmal Wolfsberater werden."

10

Ich wunderte mich, mit welcher Begeisterung mir Mondmann diesen Vorschlag machte. So als sei er ein Förster, der dringend Mitarbeiter sucht.

„Warum schlagen Sie mir ausgerechnet Wolfsberater vor?" fragte ich ihn.

„Es könnte natürlich auch etwas anderes sein", antwortete er und blies wieder einen Kringel zur Decke. „Fallschirmspringen, Tiefseetauchen, Motorradrennen. Die Hauptsache irgendeine Leidenschaft, die Sie aus Ihrer Ecke holt und mit anderen Menschen in Kontakt bringt. Aber Wolfsberater ist nicht nur vielseitig und spannend, es ist auch ökologisch sinnvoll. Der Mensch ist ja dabei, die Natur zu ruinieren. Den Wolf haben wir vor 150 Jahren ausgerottet. Das war ein Fehler, denn er ist sozusagen die Gesundheitspolizei im Wald, kümmert sich um kranke Tiere. Was die gesunden betrifft, vergreift er sich höchstens am Muffelschaf. Das hat man aus Korsika in die deutsche Landschaft importiert. Auf Korsika gibt es auch Wölfe. Aber da kann sich das Muffelschaf wie ein Steinbock auf Felsen retten. Hier kann es das nicht. Und wenn tatsächlich mal ein Wolf ein normales Schaf reißt, dann ist das eine absolute Ausnahme. Unter tausend Wölfen gibt es eben ab und zu auch einen bösen. Das ist genauso wie bei den Menschen. Schaffen wir etwa die Menschheit ab, weil einer mal aus Not eine Bank überfällt? Nein. Also Wolfsberater ist etwas absolut Sinnvolles. Sowohl für Sie wie überhaupt für die Natur. Der Wolf ist Gott sei Dank wieder zurückgekehrt, und jetzt müssen wir das Märchen vom Rotkäppchen aus den Köpfen kriegen. Ich rate Ihnen ja nicht, Bärenberater zu werden. Die gibt es auch in Deutschland. Aber seit man Bruno, den Bär erschossen hat - wenn Sie sich recht erinnern, ist er vor ein paar Jahren über die Alpen nach Bayern eingewandert – hat man keinen Bär mehr gesehen. Aus dem Erwartungsland für Bären ist bislang nichts geworden. Bären finden Sie höchstens in der

Haribo-Tüte. Aber Wölfe haben wir inzwischen tausende. Sie sehen, lieber Herr Winter, Wolfsberater ist also nicht nur ein sinnvolles, sondern auch notwendiges Angebot. Sie werden sehen, diese Tätigkeit wird Ihnen viel Freude und Nutzen bringen."

„Hmm", meinte ich, „bisher habe ich noch keinen Wolf gesehen."

„Sie wandern ja auch nicht. Und während Ihrer Zeit als Zugbegleiter ist er höchstens mal ein Opfer der Schiene geworden. Davon werden Sie nichts mitbekommen haben. Sie können vom Wolf nicht verlangen, dass er an Ihrer Haustüre klingelt und sagt: ‚Hier bin ich!' Der Wolf ist ein scheues Tier. Ihm zu begegnen braucht viel Geduld. Wenn Sie ihm aber einmal auf der Spur sind, dann steigen Ihre Chancen bei Frauen ins Unermessliche. Sie werden sich vor Nachfragen kaum retten können. Und falls Sie wieder was mit Irmgard anfangen, wird die Sie nicht mehr in den Finger beißen."

„Ich werde mir das überlegen", murmelte ich. Die Vorstellung, allein durch den dunklen Wald zu schreiten, behagte mir nicht. Auch wenn der Gewinn, den Mondmann mir in Aussicht stellte, sehr reizvoll war. Aber in einem hatte er recht. Mir fehlte die Leidenschaft für etwas. Ich hatte keine Beschäftigung, die mich reizte und ausfüllte. Selbst der Spaß an der Märklinbahn war mir ziemlich abhanden gekommen. Ich ging noch nicht einmal in irgendeine Kneipe. Mit dem Rauchverbot hatte man mir den Sitz an der Theke vermiest. Mit einem Glas Bier vor der Tür zu stehen, empfand ich als albern und im Winter als Zumutung. Und einige Male hatte ich erlebt, dass man das Bier nicht vor die Kneipentür mitnehmen durfte, weil der Wirt

Angst vorm Ordnungsamt hatte. Ja, ja, Mondmann hatte recht. Ich hatte nichts, womit ich mir die Zeit vertreiben konnte. Nichts erschien mir verlockend. Weder Reisen noch Sport treiben. Münzen oder Briefmarken zu sammeln fand ich langweilig. Als Aquarianer die Aufzucht von Fischen zu beobachten füllte mich nicht aus. Zudem beschränkte eine schmale Rente meine Möglichkeiten. Sonst hätte ich eine Wiese gepachtet und mir einen Esel zugelegt. Den Esel empfand ich als gemütlich und sympathisch, während mir der Wolf nicht geheuer war. Mit einem Esel hätte ich auch den Wald betreten, wäre sogar mit ihm einkaufen gegangen, damit er mir den Kasten Bier, den ich pro Woche brauchte, nach Hause trägt. Dann hätte ich mir den Dienst des Getränkemarktes gespart und die Bemerkung des Fahrers:

„Sie picheln aber ganz schön!"

Ich hatte ihm erwidert: „Na und. Ein Tag ohne Bier ist ein Gesundheitsrisiko!"

Auch die Lebensmittel ließ ich mir bringen. Der nächste Supermarkt war ein paar Kilometer entfernt. Ein Auto oder ein Fahrrad hatte ich ja nicht. Mit Einkaufstüten den Rhein entlang zu wandern war mir zu beschwerlich. So hockte ich den lieben langen Tag und den Abend oft vor der Flimmerkiste, obwohl ich das Programm als Zumutung empfand. Kitsch und Krimis gab es meist. Und natürlich die Krisen bei den stündlichen Nachrichten. Einmal hatte ich mir auch überlegt, den Fernseher abzuschaffen und mir die Gebühren zu ersparen. Aber das ging nicht. Hatte man ein Dach über dem Kopf, musste man auch Gebühren bezahlen. Egal ob man gucken wollte oder nicht.

Das war eine Zwangseintreibung. So war ich, was Mondmann erkannt hatte, tatsächlich in einer depressiven Verstimmung. Allein eine Frau erschien mir noch als Rettung. Aber das war immer schiefgegangen. Kein Wunder also, dass ich mich an Irmgard erinnerte und es noch einmal mit etwas Wohlbekanntem versuchen wollte.

11

„Herr Winter", setzte Mondmann das Gespräch fort, „haben Sie sich einmal überlegt, warum Frauen im Durchschnitt länger leben?"

„Weil die Männer mehr arbeiten", antwortete ich.

„Unsinn. Bei den Frauen ist die Belastung oft höher."

„Ja, warum denn dann?"

„Das haben Sie doch selber angedeutet. Ihre Unlust zu reden. Ihre Leidenschaft für das Schweigen. Sicher, gestehe ich Ihnen zu, es nervt, schon beim Frühstück diskutieren zu müssen. Das ist eine feministische Übertreibung. Es kommt aber ganz auf das Thema an. Frauen reden viel mehr über Gefühle. Männer legen sich da eher einen Panzer zu. Toxische Männlichkeit könnte man das nennen. Da toben sie sich lieber motorisch aus. Im bösen Sinne in Kriegen. Im positiven wenigstens noch beim Fußball. Männer haben viel eher einen Fragmentkörper. Das ist ein Begriff aus der Psychoanalyse. Will ich jetzt nicht näher erklären, sondern lieber als Verhärtung, Verstummung anschaulich machen. Deswegen sterben die Männer eher. Was glauben Sie, warum Musiker bei Frauen so beliebt sind? Weil sie Gefühle ausdrücken können."

„Soll ich jetzt Gitarre spielen lernen?" fragte ich etwas genervt.

„Könnten Sie. Sie werden aber keine Konzertsäle mehr füllen. Bei Ihnen werden auch keine Höschen oder BHs auf die Bühne fliegen. Ich denke, dazu ist es zu spät. Aber das Reden könnten Sie sich doch wieder angewöhnen. Ihre Fische antworten Ihnen nicht. Vielleicht haben Sie deshalb ein Aquarium, weil Ihnen die Fische lieb und verwandt sind. Ich will Ihnen nicht zu nahetreten, Ihnen aber auch keinen wichtigen Ratschlag vorenthalten. Selbstverständlich soll das Reden nicht in Geschwätzigkeit ausarten. Ich will aus Ihnen keinen Talkmaster machen. Und wenn Ihnen das Reden bei einer Frau schwerfällt, dann ersetzen Sie es doch wenigstens durch liebevolle Gesten mit den Händen. Ich spreche nicht vom Grapschen. Bringen Sie ihr Kaffee ans Bett, wenn sie gerne lange schläft. Lernen Sie kochen. Wenigstens ein Menu, das Sie beherrschen und wirklich lecker ist. Öffnen Sie keine Dosen. Es sei denn, Sie brauchen Kokosmilch und kommen für eine asiatische Hühnersuppe nicht anders dran. Seien Sie aufmerksam, kapseln Sie sich nicht ab. Lernen Sie ruhig von den Kavalieren der alten Schule. Das heißt natürlich nicht, dass Sie jungen Frauen über den Zebrastreifen helfen sollen."

„Ist schon klar", meinte ich. „Aber wenn Sie heutzutage einer Frau die Tür aufhalten, werden Sie angeschnauzt. ‚Das kann ich auch selbst machen! Wofür halten Sie mich?' Lächeln Sie einer fremden Frau zu, landen Sie bei der ‚me-to–Bewegung'. Ein vorwurfsvoller Blick trifft Sie.

‚Mach mich nicht an!' Man traut sich ja nichts mehr."

„Herr Winter, Sie übertreiben. Seien Sie nicht ängstlich wie ein Kaninchen! Wenn Sie natürlich wie ein Landstreicher herumlaufen oder in Ihrem unattraktiven Rentneroutfit, hat es keine Frau gerne, angesprochen zu werden. Dann sind Sie nur lästig. Das kann nur schiefgehen."

12

Mondmann schien viel Zeit zu haben. Um elf, an einem Mittwoch, war ich gekommen, war also in dieser Woche der erste Patient, Klient oder Kunde. Ich wusste gar nicht, was der richtige Ausdruck war. Der Doktor sah nicht auf die Uhr, es hing auch keine im Raum. Seine Sprechstundenhilfe bzw. seine Frau klopfte nicht an die Tür, um zu sagen: „Eugen, da warten noch andere Leute!" oder so ähnlich. Mondmann nuckelte an seiner Pfeife, die schon längst ausgegangen war, hatte sich noch einmal ein wenig Cognac ins Glas geschüttet. Es war so, als hätte er einen Gast empfangen, dem er den ganzen Tag widmen wollte. Ich sah auf meine Armbanduhr. Es war viertel nach Zwölf. Mondmann bemerkte meinen Blick, schmunzelte und fragte: „Sie haben heute noch viel vor?"

„Nein, nein", antwortete ich. „Ich dachte nur, dass auch noch andere warten."

„Hier gibt es kein Wartezimmer", klärte er mich auf. „Sie werden auch nicht den Ruf hören ,Der Nächste bitte!'. Das ist grässlich. Man kann doch nicht vorher wissen, wieviel Zeit man braucht. Wir sind hier nicht auf einem Amt, wo Zettelchen mit einer Nummer gezogen werden. Deshalb habe ich nur einen Gast an den Tagen meiner Sprechstunde. Ich gehöre auch nicht zu denen, die Medikamente verschreiben oder einen in die Röhre schicken, damit das Gehirn durchleuchtet wird. Für mich steht die Chemie der Beziehung über der Chemie der Wirkstoffe. Die Pharmavertreter wissen das inzwischen und lassen sich hier nicht mehr blicken. Also seien Sie ganz entspannt und lassen Sie sich, wenn Sie wollen, Zeit. Schließlich stehen Sie ja vor einer wichtigen Entscheidung, die Ihnen Glück oder Unglück bringen kann. So etwas will nicht nur aus einer Laune des Gefühls umgesetzt, sondern muss auch sorgfältig bedacht werden. Was Irmgard betrifft, kommen Sie bitte nicht auf die Idee, sie überraschend zu besuchen. Das kann in einem Fiasko enden. Dann wären Sie wochenlang niedergeschmettert. Sollten Sie sich, ich drücke mich jetzt etwas formal aus, für den Versuch einer Kontaktaufnahme entscheiden, wählen Sie das Telefon. Fühlen Sie erst einmal vor, ertasten Sie sich Ihre Chancen. Wenn Sie sich nach zehn Jahren wieder melden, wird sie überrascht sein. Es kommt zu einem Gespräch, oder sie ist kurz angebunden und lässt sie abblitzen. Am Hörer Ihres Telefons sind Sie in Sicherheit. Sie kann Sie nicht in den Finger beißen. So kommen Sie wenigstens körperlich unversehrt davon. Freut sie sich hingegen, dass Sie sich nach so langer Zeit wieder melden, und das werden Sie am Telefon rasch merken, dann haben Sie vielleicht grünes Licht für eine erste neue Begegnung. Gut Ding will Weile haben. Und ob das wirklich ein gutes Ding ist, darf ich, wenn Sie gestatten, noch etwas bezweifeln. Sie handeln aus der Not der Einsamkeit. Für einen Versuch können Sie nach zehn Jahren auch keinen passenden Zeitpunkt mehr wählen. Oder haben Sie ihr all die Jahre wenigstens treu zum Geburtstag gratuliert? Wissen Sie den überhaupt noch?"

„Ja, den weiß ich noch. Sie ist vom Sternzeichen her Skorpion. Aber gratuliert habe ich nicht mehr."

„Sehen Sie! Und nach zehn Jahren gratulieren Sie plötzlich wieder. Was soll sie davon halten?"

„Sie freut sich vielleicht."

„Glauben Sie? Wird sie nicht vielmehr überlegen: ‚Was führt der denn im Schilde?' Statt auf Freude werden Sie eher auf Misstrauen stoßen. Hat sich die erste Verblüffung bei ihr gelegt, werden Sie vielleicht beschimpft. Das wäre Ihrer Depression nicht förderlich. Vielleicht wird sie auch kühl fragen: ‚Was willst du denn?' und legt auf. Das war es dann. Sicher, theoretisch könnte es auch anders laufen. Sie könnte auch sagen: ‚Ach, wie schön. Endlich höre ich wieder etwas von dir!' Und läuft es ganz gut, verabreden sie sich zu einer Tasse Kaffee. Und läuft es dabei verblüffend gut, wird daraus am Abend ein Gläschen Wein. Dann darf Ihr Elend von Neuem beginnen. Oder auch nicht. Wer weiß? Fest steht auf jeden Fall, dass Sie nach zehn Jahren null Ahnung haben, wie sich die Dame befindet. Mit ihren Gefühlen Ihnen gegenüber, falls sie die überhaupt noch hat, im Negativen wie im Positiven, und Sie wissen ja auch nichts über ihre, sagen wir es mal so, Lebensumstände. Da ist nach zehn Jahren alles möglich. Ich möchte Ihnen mit meiner Beratung eine Enttäuschung ersparen, Sie aber auch nicht an einem neuen Glück hindern. Die Entscheidung liegt letztlich bei Ihnen."

Mondmann stand auf, ging zu dem Bücherregal an der Wand, tastete sich die Buchrücken entlang, kam zu den Bänden mit einem größeren Format und sagte: „Ach ja, hier ist es!" Er zog eine braune, in Leder gefasste Mappe heraus, kam wieder zu mir, setzte sich, legte die Mappe auf den Tisch.

„Das ist kein Buch", bemerkte er, sollte es auch nie werden. Das sind nur persönliche Manuskriptblätter. Ich gebe sie Ihnen zum Lesen mit. Als Entscheidungshilfe. Ich selbst war, wie gesagt, einmal in einer ähnlichen Lage, wollte eine Liebe am Ammersee wieder auffrischen und hatte mich zu einer Reise entschlossen. Lieber Herr Winter, ich geben Ihnen die Mappe als Lektüre mit. Vielleicht hilft es, dass Sie etwas klarer sehen. Wir treffen uns nächsten Mittwoch wieder und Sie geben mir die Mappe zurück. Jetzt entlasse ich Sie zunächst einmal. Und denken Sie daran: Wolfsberater werden ist ein guter Tipp!"

13

Mondmanns Mappe hatte etwas antik Edles, Klassisches. Sie war aus braunem, weichem, gegerbtem Leder, sah aus, als sei sie aus Familienbesitz vererbt worden. Um die Ränder lief eine helle, dekorative Naht. Ein Rundumreißverschluss sorgte dafür, dass die in ihr liegenden Manuskriptblätter sicher verwahrt waren. Für die Blätter im DIN-A4-Format hatte Mondmann offensichtlich eine einfache Reiseschreibmaschine benutzt, was man an dem nach oben verrutschten schräg stehenden ‚e' sah.

Ein Drucker hätte ein einheitlicheres Schriftbild ergeben. Zum Glück waren die losen Blätter numeriert, so dass man sie nicht durcheinanderbringen konnte. Ein Deckblatt lag oben auf. „Eugen Mondmann - Meine Reise 2010 – Einsichten und Erlebnisse".

Erst als ich im Zug nach Brohl saß, zog ich den Reißverschluss auf, blätterte das Konvolut durch. Es waren eng beschriebene Seiten. Handschriftliche Notizen auf den Rändern oder den Rückseiten gab es nicht. Auch Korrekturen fehlten. Der Doc musste alles so, wie es ihm in den Sinn gekommen war, in die Tasten gegeben haben. Leselust hatte ich lange nicht mehr verspürt, seit Jahren kein Buch mehr in der Hand gehabt. Fernsehprogramm und ‚Brohler Abendblatt' waren meine einzige Lektüre gewesen. Jetzt aber, da hatte der Zug gerade Oberwinter passiert, waren schon die ersten zehn Seiten nach hinten geschoben und gelesen. Ich war so vertieft in Mondmanns Reise, dass ich nicht bemerkte, wie der Zug in Brohl hielt und weiterfuhr. Auch die Ankündigung durch den Lautsprecher hatte ich nicht mitbekommen. Erst kurz vor Andernach sah ich aus dem Fenster, sah den Rhein links liegen und gegenüber Neuwied. Ich legte die Blätter in die Mappe, zog den Reißverschluss zu. Zwei Minuten später stieg ich in Andernach aus, wartete auf den Gegenzug und kam am Nachmittag in Brohl an. Hier verzog ich mich in meine Wohnung, ließ mich auf das Sofa fallen und begann zu lesen. Ich fing noch einmal auf der ersten Seite an und las das ganze Manuskript in einem durch.

Eugen Mondmann – Meine Reise 2010 –
Einsichten und Erlebnisse

Soll ich auf das Schicksal warten, auf Gottes Fügung? Was ist das? Ich bin unzufrieden, abends nach Hause zu kommen und da ist niemand. Noch nicht einmal ein Hund. Am Anfang war es ein Traum, die Bauernkate im Bergischen zu mieten, an Sommerabenden mit einer Flasche Rotwein draußen auf der Terrasse zu sitzen und auf das Dorf hinabzuschauen. Am Berghang von Natur umgeben und doch einer Widernatürlichkeit ausgesetzt, weil eben allein. Hatte das Unglück meiner Patienten auf mich abgefärbt? Sie waren allesamt mit ihren Beziehungen gescheitert. Einigen hatte es das Herz gebrochen, andere retteten sich in eine Verrücktheit, die sie Zeit und Drama vergessen ließ. So wie etwa Gregor Kaplan, der nach einer verkorksten Ehe von der Sprachforschung besessen war, sämtliche Ortsnamen der Welt notierte und herausgefunden hatte, dass das ‚a' der global herrschende Vokal war. Beispiele hatte er genug. Alabama, Málaga, Granada und Tausende davon. Alle Kontinente durchforschte er nach Ortsnamen. Er kam mit der Arbeit gar nicht durch, aber vergaß alles um sich herum und wirkte zufrieden. Ich habe ihm seine Untersuchung nicht ausgeredet, ihn nicht mit Gegenbeispielen, bei denen kein ‚a' vorkommt, überzeugt. Im Gegenteil. Ich habe ihn unterstützt, ihm weitere Belege geliefert. Santa Olalla di Calla zum Beispiel. Gibt es wirklich in Spanien. Sechsmal ‚a' im Ortsnamen. Kaplan war, wie gesagt, zufrieden. Warum sollte ich ihn aus diesem Zustand herausholen? Ich habe noch nicht einmal seiner These widersprochen, warum das ‚a' so dominant wäre. Er hatte behauptet, die ersten Siedler, die einem Ort seinen Namen gaben, hätten ausgerufen: „Ah, ist das schön hier!" Und von diesem Ausruf abgeleitet hätte sich der Ortsname ergeben.

„Ah, ist das schön hier!" hatte ich beim Anblick meines Bauernhäuschens auch gedacht und es sofort gemietet. Aber jetzt war gar nichts mehr schön. Ich langweilte mich abends. Bücher, von denen ich genug gelesen hatte, brachten keinen Ersatz. Das Fernsehprogramm mit Krimis, Kitsch und Klamauk verachtete ich. Im Internet nach einer Frau suchen wollte ich auch nicht, mir Mühen und Enttäuschungen sparen. Amor im Netz zu suchen, schien mir aussichtslos. Da schmiedet dieser Bursche falsche Pfeile, dachte ich. Ich wollte auch nicht im Supermarkt das Wägelchen hinter einer Frau herschieben, darauf achten, welchen Wein sie nimmt, mir auch eine solche Flasche in den Wagen legen, zufällig mit ihr zusammenstoßen, einen Blick auf ihren Einkauf werfen und überrascht rufen: „Oh, da haben wir ja den gleichen Geschmack. Eine wirklich gute Wahl. Wenn Sie nichts dagegen haben, könnten wir einmal ein Gläschen zusammen trinken." Albern, nicht wahr? Ebenso albern wäre es, in einem Kaufhaus die Rolltreppen auf und ab zu fahren und darauf zu warten, dass einem eine Frau rückwärts in die Arme fällt und man ihr Retter wird.

60 bin ich jetzt. Geht man von der statistischen Lebenserwartung aus, sind mehr als zwei Drittel vorbei und man klopft schon an Gottes Wartezimmer. Das Ruder noch einmal herumreißen? Meine Beziehungen waren nie dauerhaft gewesen. Verheiratet war ich nie, schreckte vor dem amtlichen Siegel zurück und

auch, hätte die Kirche ihre Hände im Spiel gehabt, vor dem Spruch: „Bis dass der Tod euch scheidet!"

Drei Jahre sind seit meiner letzten Beziehung vergangen, meiner Romanze mit Rosalie. Jetzt hatte ich es drei Jahre allein ausgehalten. Glücklich? Zufrieden? Nein! Platons Mythos von der halben Kugel schien zu stimmen. Der Mann ist eine Kugelhälfte, die Frau die andere. Nur zusammen läuft es rund. Deswegen suchen sich die Geschlechter gegenseitig. Solo eiert man herum.

Warum eigentlich hatte ich diese Beziehung aufgegeben? War es ein Fehler? Ich weiß es nicht. Kann ich das Ende rückgängig machen? Mich entschuldigen: „Ich habe eingesehen, dass ich einen Fehler begangen habe. So schlecht war das doch gar nicht mit uns. Außerdem bin ich älter geworden, einsichtiger, verträglicher, geduldiger, verständnisvoller." Wirklich? Mag sein. Warum sollte ich es nicht ausprobieren? Wissen geht vor vermuten. Und so schlecht war die Zeit mit Rosalie doch nicht. Aber ging ein neuer Versuch überhaupt? Ich wusste nicht viel über ihr Leben nach der Zeit mit mir. Gelegentlich hatte es noch einen Kontakt gegeben. Telefonisch. Zu den Geburtstagen, die ich noch wusste. Oder zu Sylvester. „Alles Gute im neuen Jahr!" Ob ein neuer Mann in ihr Leben getreten war, wusste ich nicht. Darüber hatten wir nie gesprochen. Das war das größte Risiko für einen überraschenden Besuch, den ich beiläufig begründen würde. „War gerade zufällig in der Gegend. Hatte einen Vortrag hier." Ein Thema, falls sie fragte, würde mir auch noch einfallen. Etwa: ‚Die Flucht vor dem Weib. Zur Pathologie des Zeitgeistes.' Das Thema war geklaut. So ein Buch gab es wirklich. Aber wer kannte es schon?

„Warum hast du mich nicht eingeladen, mir vorher Bescheid gesagt?" könnte sie fragen. „War intern", würde ich antworten. „Nur für Psychologen."

Soll ich oder soll ich nicht? Eine Woche Urlaub täte mir gut. Die Arbeit auf dem Venusberg zehrt aus. Täglich gescheiterten Männern zuhören erschöpft. Für eine Woche kann meine Sekretärin den Laden allein führen. Sie kann auch zuhören und Ratschläge geben. Dazu braucht man kein Studium der Psychologie. Die hat das von Natur aus drauf und vielleicht noch besser als ich. Für eine Woche wird das gehen. Vielleicht ist meine Reise auch viel eher zu Ende. Aber ich werde fahren. Rosalie ist verrückt genug und sie hat auch den Humor, den man braucht, wenn ein Verflossener plötzlich vor der Tür steht.

Scheitert mein Besuch bei Rosalie, habe ich noch eine Reserve. Miriam in Mainz beziehungsweise im gegenüber liegenden Wiesbaden und Hertha in Königswinter. Die größten Chancen sehe ich aber bei Rosalie. Deshalb fahre ich zuerst nach Bayern, statt mit Königswinter und Mainz zu beginnen.

Ich fing an, in den Nächten unruhig zu schlafen, träumte vom Kofferpacken und dass ich den Deckel nicht zubekam, selbst wenn ich mich mit meinem ganzen Gewicht darauf stellte. War das ein Zeichen, auf die Reise zu verzichten? Warnte mich ein Traumbild? Schließlich aber schlug ich die Bedenken in den Wind und sagte mir: „Probier' es aus, Eugen! Du musst ja nicht mit einem dicken Blumenstrauß und einer Flasche Sekt unter dem Arm an der Tür klingeln. Komme beiläufig vorbei und sage: ‚Ich war gerade zufällig in deiner Gegend. Da musste ich dich einfach besuchen. Wir zanken uns doch nicht mehr, sind friedlicher geworden.'"

Bei Rosalie hatte ich manchmal gedacht: „Sie hat einen Schuss!" Aber so stimmt das natürlich nicht. Sie ist nur etwas ungewöhnlich. Mich würde auch interessieren, ob mein Konkurrent noch lebt. Den zu sehen, wäre schon ein hinreichender Grund für einen Besuch. Wie ein Film lief die Geschichte mit Herrn Nilsson noch einmal vor meinen Augen ab.

*

Rosalie hatte ich 2006 kennengelernt. Da war ich im Mai zu einem Vortrag im Sinziger Schloss eingeladen. Sinzig liegt etwa 25 Kilometer südlich von Bonn. Schloss hört sich großartig an. Es ist eine im neugotischen Stil gebaute Sommervilla eines reichen Kölner Kaufmanns. Der Salon wird für kulturelle Veranstaltungen genutzt. Und genau da sollte ich mein mittlerweile zu Ruhm gekommenes Gesetz vorstellen: „Hinter jedem gescheiterten Mann steckt eine Verrückte!" Die Frauen im Saal waren in der Mehrheit und so erntete ich mehr Kopfschütteln als Beifall. Am Ende des Vortrags trat eine recht hübsche Rothaarige an mein Pult. Ich schätzte sie auf Mitte dreißig, was sich auch als richtig erwies. Ich war also 20 Jahre älter.

„Glauben Sie wirklich den Mist, den Sie da verzapfen?" fragte sie.

„Aber ja!" antwortete ich. „In meinem Heim auf dem Venusberg sehe ich täglich den Beweis."

„Sie lernen die Männer kennen, aber doch nicht deren Frauen."

„Persönlich nicht. Aber hinreichend aus der Analyse meiner Patienten."

Es entwickelte sich dort am Pult eine lebhafte, private Diskussion. Die anderen Frauen hatten den Saal bereits verlassen. Ich bekam auch mit, wie eine der Frauen sich im Türrahmen noch einmal umdrehte und mir den Vogel zeigte. Aus solchen Signalen machte ich mir schon lange nichts mehr. Anfeindungen wegen meines Gesetzes war ich gewohnt. Dann kam der Hausmeister und wollte den Saal abschließen.

„Setzen wir unsere Unterhaltung doch bei einer Tasse Kaffee oder einem Glas Wein weiter fort", schlug ich vor. „Sie kennen hier in Sinzig bestimmt eine nette Lokalität."

So landeten wir am Sinziger Kirchplatz in einem Café. Es war ein warmer Frühlingsabend. Man konnte gemütlich draußen sitzen, blickte auf eine schöne romanische Kirche und durfte auch rauchen, was Rosalie zu meiner Freude tat. Denn nichts ist unangenehmer als strafende Blicke, wenn man diesem Laster ergeben ist. Meine Nase war zwar unempfindlich geworden, aber mir entging nicht, dass der Rauch eines Glimmstengels, den sie einem Zigarettendöschen entnahm, nach Hasch roch. Ich fand das recht sympathisch und schmunzelte.

Sie bemerkte es und fragte: „Sie haben doch nichts dagegen?"

„Wenn Sie auch eine für mich haben, bestimmt nicht."

Wir führten unsere im Saal begonnene Diskussion fort, und ich räumte ein, mein Gesetz zu salopp und pauschal formuliert zu haben. Es gebe nämlich zwei Arten von Verrücktheit bei

Frauen. Eine nervende, die den Mann in die Verzweiflung treibt und eine eher schöne mit einem hohen Unterhaltungswert.

„Hoher Unterhaltungswert? Wie meinen Sie das?"

„Nun ja, wenn die Frau ungewöhnliche Dinge tut, die das sonst langweilige Leben eines Mannes bunter machen, ohne ihm zu schaden. So etwas wäre mir sympathisch. Auch gegen Quantensprünge habe ich nichts."

Da lachte sie und meinte nur vieldeutig „Hmmm!"

So lernten wir uns kennen und nur drei Monate später, im August, erfolgte jene legendäre Reise mit Rosalies Renault Kangoo nach Gibraltar. Bei dem Kangoo hatte sie die Rücksitze ausgebaut. Eine große Ladefläche stand zur Verfügung. Mir war nicht ganz einsichtig, warum sie unbedingt nach Gibraltar wollte. Dieser den Engländern gehörende Zipfel Spaniens würde nicht ganz billig sein und war gewiss touristisch überlaufen. Strapaziös wäre auch die Fahrt. Drei Tage hin, drei Tage Gibraltar, drei Tage zurück.

„Aber gut", dachte ich, „mit einem so schönen und munteren Weib warst du noch nie unterwegs. Mach es!"

Ich wunderte mich auch nicht über die mit Löchern versehene leere Kiste hinten auf der Ladefläche. Sie war groß und hatte zwei Tragegriffe.

„Ach, hab' ich vergessen!" erklärte Rosalie. „Darin bringe ich empfindliche Pflanzen zu den Kunden."

Was glaubhaft war. Denn Rosalie hatte in Sinzig einen Blumenladen.

Die Fahrt war anstrengend, aber in Ordnung. Ich hatte für ein Hotel in Frankreich gesorgt und für eins in Spanien. Das Hotel in Gibraltar, worauf sie bestand, ging auf ihre Buchung zurück. Es war das teure Rock-Hotel, an einem Felsen gelegen, mit Balkon und einem Blick über die Bucht von Gibraltar und auf das Rif-Gebirge in Marokko. Besonderen Wert hatte Rosalie darauf gelegt, dass es bis zu einem botanischen Garten nur hundert Meter waren.

Da hatte ich den Verdacht, sie will ein paar seltene Pflanzen klauen. Deswegen hat sie die Kiste mitgenommen. Aber so war es nicht. Es war viel schlimmer.

Am ersten Abend ging sie trotz der hohen Temperaturen mit einem Mantel in den Garten. Sie ging allein.

„Frierst du?" fragte ich verwundert.

„Ja, abends immer", antwortete sie und verschwand. Nach zwei Stunden kehrte sie zurück, als sei nichts geschehen. Und an diesem ersten Abend war auch nichts geschehen. Ebenso am zweiten. Aber am dritten kam sie schon nach einer Stunde ins Hotelzimmer, war aufgekratzt und fröhlich. Ich saß auf dem Balkon, trat zu ihrer Begrüßung ins Zimmer.

„Schließ die Balkontür!" forderte sie mich auf. Ich führte das zunächst, obwohl es ziemlich warm war, auf ihre Empfindlichkeit zurück. Ich schloss die Tür, dachte mir noch nicht viel dabei. Da öffnete sie den Mantel und heraus sprang ein Berberäffchen. Die Affen, die das Wahrzeichen Gibraltars sind, hatten wir am Tag zuvor auf dem Felsen besucht, wo sie normalerweise unter strenger Beobachtung stehen, die Touristen belästigen und sehr frech sind. Sie klauen Sonnenbrillen, Fotoapparate und betteln aufdringlich um Futter. Die Affen stehen unter Naturschutz und man sagt, solange die Affen auf dem Felsen wohnen, gehört Gibraltar den Engländern. Nun blieben aber diese Berberaffen nicht nur auf dem Felsen, sondern turnten auch in den Gärten Gibraltars herum, was den Einwohnern auf die Nerven ging und sich zu einer Plage ausgeweitet hatte. Rosalie wusste, dass die Affen sich auch anderswo herumtreiben. Das hatte sie vorher recherchiert. Einen Affen zu klauen war von vorneherein Sinn und Ziel der Reise gewesen.

„Du willst ihn doch wohl nicht mit nach Deutschland nehmen?" fragte ich konsterniert, während der Affe an die Deckenlampe gesprungen war und dort mit einem eher bösen Blick schaukelte.

„Doch. Genau das habe ich vor."

„Spinnst du? Vielleicht werden wir an der Grenze Gibraltar-Spanien vom Zoll kontrolliert. Das gibt Theater, wird teuer. Vielleicht werden wir sogar ins Gefängnis gesteckt. Die Affen sind heilig."

„Ach was! Die kontrollieren nicht."

„Du kannst in Deutschland doch keinen Affen halten", wandte ich ein. „Das darf nur der Zoo. Privatleute müssen bestimmt strenge Auflagen erfüllen und den Affen anmelden."

„Ja, ja, weiß ich. Aber wenn das niemand erfährt und du den Mund hältst, geht das."

„Wo willst du das Tier halten?"

„In der Wohnung. Da ist Platz genug."

Ich schüttelte ungläubig den Kopf.

„Wie hast du den überhaupt gefangen?" wollte ich wissen.

„Ganz einfach. Aus der inneren Manteltasche guckte eine Banane heraus. Ich habe den Mantel aufgeschlagen, so dass er die Banane sehen konnte. Da kam er ganz zutraulich, ist mir an die Brust gesprungen, wollte die Banane greifen. Da habe ich den Mantel zugeschlagen und das Äffchen mit dem Arm an meine Brust gedrückt."

„Du hast einen Schuss!" sagte ich. „Hat er dich wenigstens gebissen?"

„Nein. Das ist noch ein ganz junges Tier. Er ist eher verängstigt."

Die Nacht war furchtbar. Der Affe turnte im Zimmer herum, lärmte, war unzufrieden. An Schlaf war nicht zu denken. Aber Rosalie machte das nichts. Sie war glücklich und gestand mir, dass sie früher Pippi Langstrumpf verschlungen hätte. Die hätte auch einen Affen gehabt und wäre ihr Vorbild gewesen.

Rosalie war bestens vorbereitet. Jetzt wusste ich, warum sie so viele Nüsse, Bananen und vorgekochte Süßkartoffeln mitgenommen hatte. Ich war schon über den seltsamen Proviant verwundert gewesen, aber an einen Affen hatte ich nicht gedacht.

„Es ist ein Männchen", sagte sie. „Er wird Herr Nilsson heißen. So wie der Affe bei Pippi Langstrumpf."

Von dem Buch war sie mit ihren 35 Jahren immer noch begeistert, konnte sogar den kompletten Namen Pippis aufsagen: „Pippilotta Viktualia Rollgardina Pfefferminz Efraimstochter Langstrumpf."

*

Die Fahrt zurück verlief ohne Zwischenfall. Wir wurden nicht vom Zoll kontrolliert. Nur an der Hotelrezeption wird man sich gewundert haben, dass wir eine große Kiste hinein und wieder herausgetragen haben. Wahrscheinlich haben Sie sofort kontrolliert, ob das Zimmerinventar noch da war. Nilsson hatte nichts beschädigt außer einer Vase, die er im Sprung vom Tisch gefegt hatte. Ich teilte das beim Check-Out an der Rezeption mit. Aber die hatten nur abgewunken. Das sei nicht so schlimm und gehe aufs Haus. Die Fahrt allerdings war sehr anstrengend. Rosalie bestand darauf, ohne Übernachtung durchzufahren und so saßen wir abwechselnd am Steuer. Manchmal wurde eine kleine Pause eingelegt. Dann öffnete Rosalie die Kiste einen Spalt weit, redete beruhigend auf den Affen ein, reichte ihm eine geschälte Banane und ein paar Nüsse und hielt ihm auch ein Babyfläschchen mit Schnuller hin. Darin war allerdings keine Milch, sondern süßer Madeira.

„Willst du ihn vergiften?" fragte ich.

„Ach was! Der bekommt das jetzt nur, damit er schläft und die Fahrt übersteht. Du hast keine Ahnung von Affen. In der freien Natur berauschen sie sich gerne an vergorenem Palmsaft. Da sind sie ganz verrückt nach."

Das wusste ich nicht. Jedenfalls überstand Herr Nilsson die Fahrt und auch den Madeirawein. Er war sogar richtig süchtig danach und verschmähte auf der Fahrt alles andere. Und auch später bei sich zu Hause hat Rosalie den Primaten mit Portwein verwöhnt. Nilsson wurde zahm und anhänglich. Er durfte in der Wohnung herumturnen, sich an

Regalen und Lampen entlanghangeln und hatte sogar das Privileg sich nachts im Schlafzimmer aufhalten zu dürfen. Damit war das Ende unserer Beziehung eingeläutet. Denn Nilsson betrachtete mich als Rivalen, sprang mir nachts aufs Gesicht und zauste an meinen Haaren. Kam ich am Abend zu Besuch, empfing er mich mit Geschrei und bewarf mich mit Mandarinen.

„Es geht nicht mehr", sagte ich zu Rosalie. „Dein Herr Nilsson geht mir auf die Nerven. Du kannst aber gerne zu mir kommen und über Nacht bleiben."

„Geht nicht", sagte Rosalie. „Ich kann Nilsson nicht allein lassen."

Ein Jahr später ist sie von Sinzig nach Bayern gezogen.

„Nach Schondorf. Ich habe das Haus meiner Eltern geerbt. Die hatten dort ihren Alterssitz", erklärte sie mir vor ihrem Umzug bei einem unserer seltenen Telefonate.

„Schondorf? Wo ist das denn?"

„Am Ammersee. In der Nähe von Landsberg am Lech."

„Und dein Laden in Sinzig? Keine Blumen mehr?"

„Feierabend!" sagte sie. „Ich habe geerbt. Vielleicht finde ich irgendeinen Job. Wenn nicht, ist es auch egal."

„Und Nilsson?"

„Dem geht es gut. Er hat dann viel mehr Bewegungsfreiheit."

„Gute Nacht!" dachte ich. So ein Primat kann vierzig Jahre alt werden und mich locker überleben. Die Strecke zum Ammersee hätte man ja noch ab und zu überwinden können. Aber gegen Nilsson hatte ich keine Chance.

Jetzt aber, im Jahr 2010, als ich mit meinem Leben unzufrieden war und mich einsam fühlte, wenn ich abends nach Hause kam, sah ich in der Existenz von Herrn Nilsson sogar einen gewissen Vorteil. Denn er schien mir zu garantieren, dass Rosalie keinen anderen Mann hatte. Sie würde, abgesehen von Nilsson, gewiss noch solo sein. Welcher Mann duldet es schon, wenn ihn ein Affe mit Mandarinen empfängt und ihm nachts die Haare zaust? Das zentrale Problem meiner Mission schien mir nicht Rosalie zu sein, sondern eben der Herr Nilsson.

*

Ich überlegte eine Strategie, um das Problem zu lösen. Ich konnte dem Affen zur Flucht verhelfen. Wäre ich längere Zeit bei Rosalie, würde sie irgendwann mal zum Einkaufen gehen oder fahren, das Haus verlassen. Ich würde mir den Garten ansehen und da ich etwas schusselig bin die Terrassentür offenlassen. Aber ob der Affe wirklich abhauen würde? Rosalie war ja wie eine Mama zu ihm, verwöhnte ihn mit Leckereien und Portwein. Würde er wirklich die Flucht ergreifen, wäre sie mir ziemlich böse. Ich verwarf diese Möglichkeit also. Der Schuss ging nach hinten los. Vergiften konnte ich den Primaten auch nicht. Ich schonte selbst eine Fliege, wenn sie einen belästigte. Der Affe konnte ja nichts dafür, wenn man ihn aus seiner heimischen Umgebung entführt hatte. Und trug ich nicht eine gewisse Mitschuld daran? Statt Rosalie beim Transport der Kiste zu helfen, hätte ich energischer protestieren, die Rückfahrt verweigern sollen.

„Sieh zu, wie du mit dem Affen fertig wirst", hätte ich sagen müssen. „Ich will damit nichts zu tun haben. Wander allein in den Knast, wenn der Zoll die Kiste kontrolliert! Gibraltar hat einen Flughafen. Mach es gut. Ich bin weg."

Aber ich hatte das nicht gesagt, war zu lieb gewesen, wollte Rosalie nicht im Stich lassen.

Es half nicht. Um mit dem Affen klarzukommen, musste ich sein Freund werden. Ich erinnerte mich daran, dass wilde Schimpansen Palmwein trinken, richtig versessen darauf sind. Die suchen die Blütenkolben der Kokospalmen und schlürfen den vergorenen Nektar. Nun war Nilsson zwar kein Schimpanse, sondern ein Berberaffe. Aber was für Schimpansen zutrifft, würde auch für ihn gelten. Affe ist Affe. Statt mit Blumen bei Rosalie zu erscheinen, würde ich Nilsson etwas mitbringen. Ich recherchierte im Internet. Das Angebot an Palmwein war riesig. Meistens aber war es ein Arrac, ein destillierter Palmweinbrand. So hatte etwa der Batavia-Arrac 60%. Das schien mir etwas viel zu sein. Der natürliche Palmwein, den die Schimpansen so mögen, hat erheblich weniger Prozente. Nilsson würde den Arrac kaum überleben, auch wenn er inzwischen trinkfest geworden war. Schließlich aber wurde ich in einem Asia-Shop fündig, entdeckte philippinischen Tuba, einen Palmwein, der von den Blütenstengeln der Kokospalme gewonnen wurde. Der Prozentgehalt an Alkohol war akzeptabel, lag zwischen dem von Wein und Bier. Ich scheute keine Kosten und bestellte drei Flaschen zu jeweils einem halben Liter.

Affen waren intelligent. Wenn Nilsson merkte, dass ich ihm wohlgesonnen war, würde er mir nachts nicht mehr auf das Gesicht springen und mir die Haare zausen. Vielleicht legte er sich dann besänftigt ins Bett und unterließ die nervenden Faxen. Ein ruhiger Bettgenosse wäre erträglich. Vor dem Schlafengehen würde ich ihn mit einer Sonderration abfüllen, mit Palmwein verwöhnen. Mit etwas Glück blieb er sogar auf dem Wohnzimmersofa liegen, um dort seinen Rausch auszuschlafen. Ich musste allerdings damit rechnen, dass Rosalie die Abfütterung kontrollieren würde. Sie würde das Etikett studieren, lesen, dass der Palmwein immerhin 9% hatte.

„Gib ihm bitte nicht zu viel!" würde sie sagen. „Lass ihn nur ein paar Mal an dem Schnuller saugen. Das reicht."

Ich entschloss mich, das Etikett zu fälschen, löste es behutsam von den Flaschen, fotografierte es, bearbeitete es mit einem Fotoprogramm, reduzierte die 9% auf nur 2%, druckte die neuen Etiketten aus und klebte sie auf die Flaschen. Rosalie würde es jetzt gewiss zulassen, dass Nilsson davon zumindest ein halbes Fläschchen trinken durfte. Damit war sichergestellt, dass der blöde Primat einen Rausch bekam und ich meine Ruhe hatte.

*

Ich hatte keine Bedenken, die Klinik auf dem Venusberg für eine Woche zu verlassen. Eine Klinik im eigentlichen Sinne war es ja auch nicht. Es war eher ein Männerheim so wie es Frauenhäuser gibt. Hier sollte sich der erschöpfte Mann erholen, spielen, Ticks und Hobbys ausleben, sich nicht mehr von einer Frau dazwischen quatschen lassen. Es war eine Art Spielwiese mit psychologischer Beratung. Sicher, da waren auch grenzwertige Fälle wie der schon erwähnte Gregor Kaplan. Aber besonders diesen ging es gut und sie würden eine Woche ohne mich auskommen. Die anderen waren mit Spielen beschäftigt. Billard, Skat, Schach, Fußball. Karaoke wurde gesungen, Kurse besucht wie etwa Trommeln oder lecker kochen. Das therapeutische Zuhören in den Beratungsstunden konnte meine Sekretärin Hildegard übernehmen. Das würde sie neben der Verwaltungsarbeit schon schaffen. Und wenn mal ein Vortrag zu einem besonderen Thema von mir ausfiel, war das auch nicht schlimm. Ich konnte also ruhigen Gewissens die Reise an den Ammersee antreten. Und so sagte ich an einem Montagmorgen:

„Hildegard, ich brauche Urlaub. Ich muss mal raus aus dem Haus, frischen Wind um die Ohren haben."

„So, so", meinte sie. „Was haben Sie denn jetzt wieder vor?"

„Wandern am Ammersee."

Ein skeptischer Blick traf mich. „Sie und wandern? Sie gehen doch keine hundert Meter, ohne nach einem Taxi rufen."

„Ja, ja", gab ich zu. „Aber das muss sich jetzt ändern. Die Gelenke knacken ja schon, wenn ich morgens aufstehe. Und das mit 60 Jahren. Das ist kein gutes Zeichen. Wie wird das denn erst mit siebzig sein? Also, ich muss was tun."

„Und warum ausgerechnet der Ammersee?"
„Geheimtipp. Ein wunderschönes Alpenvorland. Der sauberste See in Bayern. Ich trage mich auch

mit dem Gedanken, Segeln zu lernen. Es muss etwas Neues in mein Leben treten."

„Ist Ihnen wohl nicht aufregend genug hier?"

„Doch, schon. Aber es soll nicht Routine werden. Vielleicht komme ich ja mit neuen Ideen zurück."

„Und die Beratungsstunden? Wollen Sie die einfach ausfallen lassen?"

„Nein. Wenn Sie die für eine Woche übernehmen könnten? Sie müssen nur zuhören."

„Ich?"

„Ja. Sie sind doch eine Frau mit viel Lebenserfahrung."

„So, so. Meinen Sie? Ich denke, die Kerle sollen sich hier von den Frauen erholen."

„Ja, schon. Aber doch nur von den Zicken und Verrückten. Das trifft für Sie doch nicht zu. Die Männer werden sich freuen. Außerdem kommen nur die zur Beratung, die einen besonderen Tick haben. Kaplan, Vogel, Heppekausen und noch ein paar andere. Ach ja, achten Sie besonders auf Kauz! Er findet jeden Tag ein neues universelles Gesetz. Ein ehemaliger Quantenphysiker. Er ist schon etwas dement und fängt jedes Mal mit Schrödingers Katze an. Man sieht sie, aber sie ist nicht da. Oder umgekehrt. Sie ist da und man sieht sie nicht. Sie dürfen ihm nicht widersprechen. Dann bekommt er einen Weinkrampf."

„Aber ich habe doch kein Studium der Psychologie."

„Eben. Das qualifiziert Sie besonders. Sie haben den gesunden Menschenverstand einer reifen Frau."

„Und die Verwaltungsarbeit? Soll die liegen bleiben?"

70

„Nein, ich bezahle Ihnen die Überstunden. Es ist nur für eine Woche."

„Wenn Sie meinen, Doc. Versuchen kann ich das ja mal."

„Danke, Hildegard!"

„Wohin fahren Sie denn an den Ammersee?"

„Nach Landsberg am Lech. Das ist zwar nicht direkt am Ammersee, aber ganz in der Nähe. Soll ein schönes Städtchen sein."

„Da kann ich Sie erreichen, falls etwas Besonderes sein sollte?"

„Aber ja. Ich nehme das Handy mit. Falls ich in Bayern im Funkloch bin, rufen Sie im Hotel an. Sie erreichen mich im ‚Landhotel Endhart'. Das habe ich schon gebucht."

„Na, gut. Aber bei Ihren Unternehmungen ist mir immer etwas seltsam zumute. Sie fahren allein?"

„Aber ja doch!"

So war das also mit Hildegard geklärt. Sie würde einen guten Job machen, und ich konnte beruhigt fahren.

Ich freute mich auf die Reise, packte meine Tasche. Eine Zeit lang überlegte ich, ob ich mir ein Rezept über Viagra ausstellen sollte. Eine Woche auf Hochtouren konnte erschöpfen. Aber ich verwarf es. Ich war ja erst 60 und Rosalie erotisch genug. Außerdem wusste ich, dass Nilsson überall herumschnüffelte, mit seinen Affenarmen jede Tasche durchsuchte. Wenn er die Pillen fand und sich ins Maul steckte - er konnte ja den Beipackzettel nicht lesen - würde es eine Katastrophe geben. Intelligent genug, um sie aus der Folie zu drücken, war er.

In dem Landhotel in Landsberg hatte ich vorsorglich für zwei Nächte ein Zimmer gebucht. Es war ja fraglich, ob Rosalie mich mit offenen Armen empfangen würde. Vieles war fraglich. Im Falle des Scheiterns und wenn ich es wollte, konnte ich den Aufenthalt im Hotel verlängern, die Zeit im Alpenvorland auch allein genießen, vielleicht sogar tatsächlich einen Segelkurs belegen. Ich war zwar keine Wasserratte, aber wer sagt denn, dass man nicht auch noch im Alter die Welt mit einem Boot umrunden kann? Ich spürte, ganz zart kam sie, endlich wieder die Erotik des Abenteuers. Es störte mich auch nicht, dass die Fahrt mit dem Zug etwas umständlich war. Viermal umsteigen. In Mainz, Darmstadt, Augsburg und Kaufering. Mittags würde ich von Bonn abfahren, gegen sieben in Landsberg ankommen. Mit dem Auto ging es auch nicht schneller. Im Gegenteil. In Deutschland war nichts mehr staufrei.

Ja, ich freute mich. Auf die Fahrt den Mittelrhein entlang, der zwischen Koblenz und Bingen am schönsten ist, auf Rosalie und auf die Natur am Ammersee. Auf den Affen nicht unbedingt. Aber ich hatte Palmwein im Gepäck und konnte hinsichtlich Herrn Nilsson guter Dinge sein.

*

In die Tasche hatte ich nur wenig gepackt. Zwei Hemden, einen Pullover, etwas Unterwäsche, ein Ersatzpaar Strümpfe, eine Zahnbürste. Den Rasierapparat schenkte ich mir. Die Woche über konnte ich mir einen Bart wachsen lassen. Rasierte sich Nilsson etwa? Rosalie liebte das Zottelige und ich das im wörtlichen Sinne unbeschwerte Reisen.

72

Das Gewicht der Tasche rührte von den Palmweinflaschen her. Drei sind eigentlich zu viel, dachte ich. Der Knabe kann auch mit zwei auskommen. Und so versüßte ich mir die Fahrt den Mittelrhein entlang mit einer Flasche Tuba. Sehr lecker. Schmeckte wie Honig mit Kokosnuss. Als der IC hinter St. Goar die Loreley passierte, musste ich wieder an das Lied denken. „Ich weiß nicht, was soll es bedeuten." Ich weiß es auch nicht. Aber traurig wurde ich nicht.

Selbst Mainz erlebte ich heiter, obgleich ich hier einen Anlass zur Trauer gehabt hätte. Mainz. Die Geschichte mit Miriam. Hier hatte sie mich am Wochenende immer vom Bahnhof abgeholt. Dann ging es in ihr Fachwerkhäuschen nach Wiesbaden. Zehn Jahre war das her. Ich hätte statt morgen bei Rosalie heute bei ihr klingeln können. Aber Miriam würde ich mir für die Rückfahrt aufsparen, wenn mein Besuch am Ammersee scheitern würde. Der Kontakt zu Miriam war vollständig abgebrochen, die Wunde lange schon verheilt. Da gab es noch nicht einmal eine Narbe. Ich musste über die Geschichte, als ich in Mainz daran dachte, eher schmunzeln. Die Frau Professorin mit dem Lehrstuhl für evangelische Theologie an der Mainzer Gutenberg-Universität! Ein ähnlicher Anfang wie mit Rosalie. Erst sind sie empört über einen, haben aber etwas ganz anderes im Sinn.

Ich hatte damals ein kleines Büchlein herausgebracht. ‚Liebe an ungewöhnlichen Orten – Unsere Angst vor dem Unnormalen'. In einer Bücherei in Cochem gab es eine Lesung. Dass überwiegend Frauen da waren, wunderte mich nicht. Frauen lesen eben mehr und sind kulturell viel interessierter als der Mann. Miriam war auch dagewesen, was ich aber erst einen Tag später erfuhr. Ich kannte sie ja noch gar nicht. Mein Verleger rief mich an:

„Du, Eugen, da hat sich eine Professorin aus Wiesbaden gemeldet. Sie möchte deine Telefonnummer haben, etwas mit dir besprechen. Darf ich ihr die Nummer geben oder lieber nicht?"

„Klar doch. Gib sie ihr. Was will sie denn?"

„Weiß ich nicht. Das sagt sie dir selbst."

Noch am selben Tag kam ihr Anruf.

„Herr Mondmann, ich war bei Ihrer Lesung in Cochem und bin empört. Wie kann man so etwas schreiben! Dass der Wald ein ungewöhnlicher Ort ist, geht ja noch. Aber die Zugtoilette! Das ist doch eklig. Wie kommen Sie auf so etwas?"

„Nun ja", erwiderte ich. „Es war eine Notlage, so wie ich die Situation beschrieben habe. Da holt jemand seine Freundin vom Frankfurter Flughafen ab. Sie haben sich lange nicht gesehen. Auf der Fahrt mit dem Zug passiert es eben."

„Man kann auch mit Anstand warten."

„Sicher, könnte man. Muss man aber nicht. Wegen dieser Passage in dem Buch rufen Sie bei mir an? Hätten Sie mir auch nach der Lesung persönlich sagen können."

„Da war ich noch zu aufgebracht, habe an die christliche Nächstenliebe gedacht und wollte Ihnen keine Ohrfeige geben."

„Das machen Sie jetzt telefonisch."

„Nein. Es ist in der Nacht etwas Seltsames passiert. Ich habe geträumt, ich würde in einem Haifischbecken schwimmen, aber die Haie waren ganz friedlich und ich habe mich gut gefühlt. Sie sind doch Psychologe. Könnten Sie mir diesen Traum deuten?"

74

Drei Tage später hatte sie mich am Mainzer Bahnhof abgeholt.

Ich musste Miriam dankbar sein. Sie war eine neue Dimension. An den Sommerabenden saßen wir auf dem Deck eines Restaurantbootes am Rhein und ich lernte von einer blitzgescheiten Frau die Erotik des intellektuellen Gesprächs kennen. Gespräch ist zwar übertrieben, denn meistens hörte ich nur zu. Sie war ein Profi in mittelalterlicher Philosophie und die Geschichten über Thomas von Aquin und Bonaventura waren spannend. Herzzerreißend auch, was zwischen Abaelard und Héloise geschah. Traurig nur, dass es mit der Verstümmelung Abaelards endete. Ein rachsüchtiger und mächtiger Onkel von Héloise veranlasste die Kastration. Da blieb zwischen den Beiden nur noch der schriftliche Verkehr per Brief.

Miriam war wirklich intelligent, lag weit über meinem IQ. Mit 29 war sie schon Professorin. Nach dem Stanford-Binet-Test, so hatte sie mir einmal erzählt, kam sie auf 150, war also auf gleicher Höhe mit Albert Einstein, während ich mich in der mittleren Verteilung von 100 herumtrieb. Aber das Schöne an Miriam war, dass sie ihre Intelligenz in himmlischen Nächten vergessen konnte.

Zu Ende gegangen war die Beziehung mit einem Anruf.

„Eugen, an diesem Wochenende kommst du bitte nicht. Mein Dach wird repariert."

„Dein Dach? Warum kann ich dann nicht kommen? Regnet es durch?"

„Nein, noch nicht. Aber ein Zimmermanngeselle auf Wanderschaft ist bei mir vorbeigekommen und hat mich auf schadhafte Stellen hingewiesen. Der verdient sich jetzt etwas Geld. Es ist eine gute Gelegenheit."

„Ah, ja. Und er wohnt bei dir?"

Schweigen. Dann ein knappes „Ja".

Den Burschen habe ich nie kennengelernt, nie gesehen, wollte ich auch nicht. Ich habe mich danach nicht mehr bei ihr gemeldet. Auch nicht ein paar Wochen später, als sie mir auf die Mailbox gesprochen und gefragt hat, was mit mir los sei. Die Geschichte mit Miriam ist jetzt sechs Jahre her. Ich denke, der Geselle ist inzwischen weiter gewandert. Wenn nicht, habe ich ja noch einen dritten Versuch vor meiner Haustür. Königswinter ist nicht weit. Die Affäre mit der roten Hertha war zwar zehn Jahre her, aber wir hatten in all den Jahren ab und zu telefoniert. Wenn ich da klingelte, war das nicht völlig überraschend. Die Streitereien von früher würde es nicht mehr geben. Sie war gewiss nicht mehr so radikal kommunistisch, und ich hatte inzwischen das hässliche Gesicht des Kapitalismus kennengelernt.

*

Der Anschlusszug nach Darmstadt hatte Verspätung. So trödelte ich durch den Mainzer Bahnhof, kam an einer Zeugin Jehovas vorbei, ließ mir den ‚Wachtturm' zustecken, blickte in ein erfreutes Frauengesicht. Endlich nahm jemand die Broschüre an, während alle anderen achtlos vorbeiliefen.

„Darf ich eine Videoaufnahme von Ihnen machen?" fragte sie.

„Nein, was weiß ich, was Sie damit vorhaben! Außerdem fährt mein Zug gleich."

Weg war ich, kam an einem Mann vorbei, der in einer Ecke der Bahnhofhalle zusammengesunken in einem Rollstuhl saß. Über ihm ein riesiges buntes Plakat eines Konsumtempels. „Hier bekommen Sie alles!" stand da in großen Lettern. Ich wusste nicht, ob er obdachlos war und um Almosen bat. Er hatte keinen Becher vor sich stehen, in den man Münzen werfen konnte. Ich zögerte, wollte ihn nicht beschämen mit der blöden Frage: „Brauchen Sie Geld?" Einfach so vorbeilaufen konnte ich auch nicht.

So fragte ich ihn: „Darf ich Ihnen einen Kaffee spendieren?" Was anderes fiel mir nicht ein.

Er blickte auf. „Ja, gerne." Vielleicht hätte er lieber eine Dose Bier gehabt. Ein paar Meter weiter war eine Bäckerei. Ich besorgte einen ,coffee to go', steckte Zuckertütchen, Milchdöschen und Rührstab ein, ging wieder zu ihm, drückte ihm den Becher in die Hand, legte Zuckertütchen, Milchdöschen und Rührstab auf die breite Lehne des Rollstuhls, hatte ein schlechtes Gewissen, so wenig zu tun.

In früheren Jahren hatten Bahnhofshallen für mich etwas Verlockendes, Abenteuerliches, waren wie das Tor zur Welt. Jetzt hatte sich die Atmosphäre geändert. Polizisten patroullierten, Obdachlose und Rentner durchwühlten die Abfalleimer nach Leergut. Neben dem Eingang zum Vorplatz hatte ein älterer Mann seinen Rucksack abgestellt. Er hielt eine Flasche Bier in der Hand und sprach mit sich selbst:

„Wo soll ich denn hin? Baden-Württemberg, Niedersachsen, Bayern? Ist doch scheißegal."

„Fahren Sie durch nach Spanien!" riet ich ihm. „Da ist es im Winter wenigstens warm."

„Witzbold! Wie denn? Mein Ausweis gilt nur für Deutschland. Und nur für die Bummelzüge."

„Fahren Sie einfach schwarz!" schlug ich vor. „Man wird sie in Frankreich vielleicht aus dem Zug schmeißen, aber nicht verhaften. Dann steigen Sie in den nächsten ein und fahren weiter. So kommen Sie nach Spanien. Die Spanier sind viel sozialer. Die lassen Sie bis Málaga durchfahren."

„Willst mich wohl verscheißern!" Er musterte mich von oben bis unten und fügte hinzu: „Wie du aussiehst, fährst du bestimmt erster Klasse."

„War ernst gemeint", antwortete ich im Weggehen. „Probieren Sie's aus!"

Im Zug nach Darmstadt blätterte ich den ‚Wachtturm' durch. Auf dem Titelblatt stand die Frage „Wer ist Gott?" Und wieder war ich in der Erinnerung bei Miriam. Auf dem Restaurantboot hatten wir auch darüber gesprochen.

„Wir können Gott nicht nach Menschenart durchsieben", hatte sie gemeint.

Ich kam, etwas hilfloser, mit dem Spruch des Sokrates: „Ich weiß, dass ich nichts weiß. Also weiß ich auch nichts über Gott. Aber seltsam, dass einen diese Frage bedrängt. Die Atheisten wie die Gläubigen. Wie kommen manche Menschen dazu, ihr ganzes Leben einem Unbekannten zu widmen? Radikal. Ich denke da an die Mönche."

„Mönche? So, so. Typisch Mann! Deine Einseitigkeit. Es gibt auch Nonnen."

Und dann zitierte sie eine Klage der Teresa von Avila:

„Die Welt irrt, wenn sie von uns verlangt, dass wir nicht öffentlich für Gott wirken dürfen, noch Wahrheiten aussprechen, um deretwillen wir im Geheimen weinen, und dass du, Herr, unsere gerechten Bitten nicht erhören würdest. Ich glaube das nicht, denn ich kenne deine Güte und Gerechtigkeit, der du kein Richter bist wie die Richter dieser Welt, die Kinder Adams; kurz, nichts als Männer, die meinen, jede gute Fähigkeit bei einer Frau verdächtigen zu müssen."

Zack, da hatte ich mein Fett weg. Typisch Mann. Typisch katholische Kirche. Aber recht, wie ich zugeben musste, hatte sie. Solcher Art waren unsere Gespräche, damals auf dem Deck des Dreimasters ,Pieter van Aemstel', der in Mainz-Kastel ankerte. Miriam kannte auch die abenteuerliche Geschichte des Schiffes, das als Heringsfischer im Eis vor Grönland unterwegs gewesen war.

Der Rhein floss mit rascher Strömung dahin. Das Wasser rauschte unter dem Kiel. Die Abenddämmerung kam. Die Lampions auf dem Boot leuchteten auf. Es war Rheinromantik und es waren Gespräche, die abseits des üblichen Small Talks waren, den man am nächsten Tag wegen seiner Nichtigkeit schon wieder vergessen hätte.

Aber dann war der wandernde Zimmermann gekommen und hatte mich abgelöst.

*

Mit mäßiger Verspätung, nur anderthalb Stunden, kam ich in Landsberg an, fuhr mit dem Taxi ins ,Landhotel Endhart', empfand meine Unterkunft als ebenso luxuriös wie heimelig. Im Garten hatten sie sogar eine kleine Kapelle mit einer anmutigen Traubenmadonna. Unter dem Vordach konnte man auf einer Bank sitzen und über Weiblichkeit meditieren. Da es eine besondere

Reise war, hatte ich ein Deluxezimmer gebucht, mit Kitchenette und einem Kühlschrank. Dahinein verfrachtete ich eine Flasche Frascati, die ich mir an einem Bahnhofskiosk vorsorglich besorgt hatte. Das Zimmer lag ebenerdig. Man hatte Zutritt auf eine kleine Terrasse, blickte in den Garten und auf die Kapelle.

So stand ich also am Abend, es war schon dunkel, auf der Terrasse, hatte mir eine Zigarette gedreht, hielt ein Glas Wein in der Hand und begann wieder zu zweifeln, ob ich am nächsten Tag wirklich weiter nach Schondorf fahren sollte, um Rosalie überraschend zu besuchen. Landsberg war nach meinem ersten Eindruck schön genug, um auch ohne Frau angenehme Tage zu erleben. Die Idee einen Segelkurs zu belegen, schien mir gar nicht so schlecht. Da würde ich meine Kenntnisse und Fertigkeiten weiter entwickeln, statt in eine vorprogrammierte Enttäuschung zu schlittern. Vielleicht wäre das ja sogar der Auftakt zu einer späten Weltumsegelung. Mit oder ohne Frau. Als die halbe Flasche Frascati geleert war, fand ich daran mehr Gefallen, als mich mit einem blöden Affen herumzuschlagen und einer Frau, die mit jetzt 38 immer noch Pippi Langstrumpf verehrte und aussah wie ein japanisches Mangamädchen.

Doch als am Morgen der kleine Rausch ausgeschlafen war, besann ich mich auf mein eigentliches Vorhaben, verwarf die Idee einer Weltumsegelung. Ich bin keine Wasserratte, fühle mich am Ufer sicherer als in dem nassen Element. Und so schlenderte ich am Morgen zunächst einmal zum Ufer des Lech, saß unter einem der Kastanienbäume, erfreute mich an dem rasch dahinfließenden Fluss und seinem blitzsauberen

Wasser, bewunderte das schöne Stadtpanorama und konnte nachempfinden, dass Landsberg die Stadt mit der höchsten Lebensqualität in Deutschland sein soll. Der einzige Fehler, den sie begangen hatten, war, dass sie Hitler, der dort in Festungshaft saß und ‚Mein Kampf' schrieb, nicht für immer dabehalten haben.

Ich beschloss, meinen Besuch bei Rosalie noch um einen Tag aufzuschieben, wanderte über die Karolinenbrücke zur Altstadt, betrat sie durch ein mittelalterliches Tor, besuchte die Basilika Mariä Himmelfahrt mit ihrem hoch aufragenden Zwiebelturm, staunte über die barocke Pracht der katholischen Märchenlandschaft, stand vor Multschers Madonna mit dem Jesuskind, überlegte, ob ich sie auch zu den schönen Madonnen des Mittelrheins zählen würde, jenen Darstellungen, wo eine anmutige, geheimnisvoll lächelnde Maria mit dem scherzenden Jesusknaben spielt, und fand, dass der Landsberger Knabe weniger fröhlich dreinschaute.

Im Herzen der Altstadt verweilte ich vor dem Marienbrunnen, sah, wie Maria mit einem goldenen Speer einen Drachen durchstieß und musste bei dem Lindwurm an Herrn Nilsson denken. Zwei Flaschen von dem kostbaren Tuba waren zu viel für ihn. Da würde ich lieber am Abend eine weitere Flasche köpfen.

Ich beschloss, den Tag über noch in Landsberg zu bleiben. Es schien mir einfach zu schade, an all den Sehenswürdigkeiten vorbeizulaufen. Dem Rathaus aus der Rokokozeit, dem Salzstädel, wo das weiße Gold gelagert wurde, das Landsberg reich gemacht hatte, dem Färberhof mit seinen malerischen Arkaden, dem Wehrturm, den man

‚Jungfernsprung' nannte. Hier waren im Dreißigjährigen Krieg die Frauen und Mädchen in ihrer Verzweiflung in den Tod gesprungen, um nicht Freiwild für die Soldateska zu werden.

Etwas abseits der Altstadt kam ich an einem Delikatessengeschäft vorbei, empfand es als unschicklich, nur den Herrn Nilsson zu beschenken und suchte für Rosalie den teuersten Präsentkorb aus, den es gab. Mit Wein, Sekt, Prosecco, Käse, Krapfen, Spinatknödeln, Chutney-Gläsern, Feigenbalsamico, Datteln, Brotaufstrich mit Knoblauch, Landsberger Heimatsenf und einer Schachtel handgemachter Pralinen. Eine Schale mit Trauben ließ ich noch dazulegen. Der Korb war prall gefüllt. Die Würste, die ursprünglich drin waren, hatte ich aussortiert. Rosalie war Vegetarierin. Einmal hatte sie mir am Telefon von ihrem schönen Garten mit einer Laube erzählt. So würde ich für ein Picknick nicht mit leeren Händen erscheinen und konnte auch selbst probieren, was ich da alles eingekauft hatte.

Auf dem Rückweg zum Landhotel streifte ich durch das Hexenviertel, das eher idyllisch als gruselig wirkte und seinen Namen einer rothaarigen Malerin verdanken soll, die dort gewohnt hatte. Ich musste an die rote Hertha aus Königswinter denken, die auch rote Haare hatte und malte, aber sich ihren Beinamen vor allem mit ihrer politischen Einstellung verdiente. Ich fand Frauen mit roten Haaren als besonders attraktiv, weil sie etwas Rebellisches hatten und alles andere als zahm waren. Rothaarige Frauen bedienten einen Mythos, eine Erfindung der Männer. Sie konnten Hexe sein, Schlampe, Vampir, Madonna, femme fragile und femme fatale. Der Volksmund hatte so seine Sprüche drauf. „Rotes Haar hat's Fegefeuer schon auf dieser Welt" oder „Der Feuerberg Aetna ist nicht so schädlich wie ein Rotkopf." Nicht so dumm wie der Volksmund waren die Maler. Bei Tizians ‚Mädchen mit Pelz', bei Botticellis ‚Geburt der Venus' und bei Cranachs ‚Madonna unterm Apfelbaum' gab es dieses attraktive Rot. Der Maler Rossetti fiel gar vor Verzückung in Ohnmacht, wenn er einer Frau mit diesem ‚bel rosso tizianesco' auf der Straße begegnete.

Auch Rosalie hatte rote Haare. Ursprünglich waren sie blond. Sie färbte sie, wie sie mir einmal gestanden hatte, regelmäßig mit einem etwas helleren Henna, um wie ihr Vorbild Pippilotta die Farbe einer Möhre zu bekommen.

*

Rosalies Verehrung von Pippi Langstrumpf war einfach zu erklären. Ungewöhnlich war nur, dass sich das so lange gehalten hatte. Wie Pippi litt die kleine Rosalie an Dyskalkulie, das heißt, sie konnte nicht rechnen. Die Fähigkeit mit Zahlen umzugehen, ging nur bis fünf. Dann war Feierabend. Zudem war sie mit sieben oder acht noch ein zartes, schmächtiges Mädchen, verträumt und introvertiert. In der Schule hatte sie einen schweren Stand. Aber Lesen hatte sie gelernt. Das ging früh und flüssig. Sie konnte an einem Tag ein ganzes Buch verschlingen. Als ihr Pippi Langstrumpf in die Hände fiel, hatte sie eine Leidensgenossin gefunden. Pippi konnte auch nicht rechnen, war aber, als die Lehrerin sie fragte: „Na, Pippi, kannst du mir sagen, wie viel 7 und 5 ist?"

frech genug zu antworten: „Ja, wenn du das nicht selbst weißt, denk ja nicht, dass ich es dir sage."

Pippi war Rosalies starkes Vorbild. Als Psychologe wusste ich, es fand eine Identifikation statt, die sich als Kompensation eigener Schwäche über die Kinderjahre hinaus fixiert hatte. Bei Rosalie wurde das Buch zu einer Widerstandskraft, zu einer überlebenswichtigen ‚Resilienz', wie es in unserem Jargon heißt. Im äußeren Erscheinungsbild ging das nur bis zu den roten Haaren und den links und rechts abstehenden Zöpfen, was bei einer Frau von 35 und jetzt 38 Jahren etwas komisch wirkte und eher in den Karneval gepasst hätte. Aber Gott sei Dank trug sie keine verschiedenfarbigen Ringelstrümpfe, keine Strapse, die an einem blauen, mit Blümchen übersäten Höschen befestigt waren und auch kein gelbes Leibchen, das bis fast an den unteren Hosenrand ging. Kleidungsmäßig war sie normal, wich aber mit ihrem marokkanischen Look, der ihr sehr gut stand, doch vom Üblichen ab. Sie trug meist ein elegantes langes Kaftan-Kleid, das reich mit Stickereien und arabesken Pailletten besetzt war. Ihre Lieblingsfarbe war ein dunkles Burgunderrot. An den Füßen steckten indianische Mokassins in Maroon.

„Was für ein Weib!" hatte ich damals gedacht, als sie nach dem Sinziger Vortrag zu mir ans Pult trat. „Wenn nur die albernen Zöpfe nicht wären!" Dass es dann trotz des Altersunterschiedes zu einer Beziehung kam, wunderte mich, als ich mehr von ihr erfuhr, nicht.

Wie bei Pippilotta war ihr Vater verschollen. Sie hatte ihn nie kennengelernt, machte sich aber ihr Traumbild. Zwar war er kein 'Negerkönig', aber sie

84

behauptete, er sei nach Bhutan ausgewandert und Minister geworden. Kurz nach ihrer Geburt hatte ihn die Abenteuerlust gepackt und er hatte sich einer Himalayaexpedition angeschlossen. Das einzige Lebenszeichen, das von ihm existierte, war eine Ansichtskarte aus Thimpu, der Hauptstadt Bhutans. Danach hat sie nie wieder etwas von ihm gehört.

Mag also sein, dass ich für sie eine Art Vaterersatz war. So sah ich mich natürlich weniger. Ich liebte dieses verrückte Weib einfach. Anders kann ich mir auch nicht erklären, mit ihr einen Berberaffen geklaut zu haben. Nach dem Verschwinden des Vaters war die Mutter zu einem reichen Bauer an den Ammersee gezogen, hatte die vorgeschriebene Frist von zehn Jahren nach dem letzten Lebenszeichen abgewartet und neu geheiratet. Für ihren Stiefvater hatte sich Rosalie nie erwärmen können und war mit fünfzehn vom Ammersee zurück nach Sinzig zu ihrer Großmutter gezogen. Vom Alter her hätte ich eher zu ihrer Mutter oder vielleicht auch Großmutter gepasst, aber ich war dankbar, dass Rosalie mich angesprochen hatte.

Dass sie mich nur ausgenutzt hat für die Tour nach Gibraltar, glaube ich nicht. Auch wenn sie so etwas schon länger geplant hatte, sich aber nicht traute, es allein durchzuziehen. Bei einem meiner Besuche war ich einmal an ihrem Bücherregal entlang gewandert. Da standen natürlich alle Pippi-Langstrumpf-Bände. Verwundert hatte mich dazwischen das Buch „Grundlagen der Zootierhaltung". Ich hatte gelacht, das Buch herausgezogen und gefragt: „Was willst du denn damit?"

Da war sie verlegen geworden, hatte mich aufgefordert: „Stell das Buch wieder rein!" Und auf meinen fragenden Blick hin hatte sie erklärt: „War einmal ein Traumberuf von mir. Aber jetzt habe ich ja den Blumenladen."

Einen Affen zu klauen, hatte sie also schon lange vorgehabt. Als wir nach Spanien fuhren, war sie bestens vorbereitet. Die Aktion in Gibraltar war kein spontaner Entschluss gewesen. Das war geplant. Sie hatte mich dazu gebraucht. Ich will nicht sagen ‚benutzt'. Dazu waren die Nächte mit ihr einfach zu schön. Und auch tagsüber ging sie zärtlich mit mir um und war eine unkomplizierte Reisebegleiterin. Die Erinnerung daran mochte mich zu meiner Reise an den Ammersee verleitet haben. Was konnte ich schon erwarten? Eine neue, dauerhafte Beziehung würde schwierig oder sogar unmöglich sein. Ich konnte nicht jedes Wochenende an den Ammersee fahren. Und sie würde gewiss nicht zu mir ziehen oder mit Nilsson verreisen. Trotzdem aber war ich gefahren. Wider jede Vernunft. Drei Jahre hatte ich keine Frau mehr im Arm gehabt. Jetzt war die Sehnsucht übermächtig geworden. Anders konnte ich mir diese Reise nicht erklären.

„Der Schlaf der Vernunft gebiert Ungeheuer!" hatte der spanische Maler Goya einmal zu einem seiner Bilder erklärt. Ja, meine Vernunft schlief. Aber was sollte außer einer Enttäuschung schon passieren? Rosalie konnte mir die Tür vor der Nase zuschlagen. Vielleicht war sie zornig auf mich. Schließlich hatte ich sie wegen dem Affen verlassen. Ein anderer Mann, wenn ich mit dem Präsentkorb am Arm klingelte, konnte öffnen und sagen: „Was willst du denn hier?" und der Herr

Nilsson konnte mich trotz des Tuba-Geschenks beißen. All das konnte man vorher nicht wissen. Möglich schien mir aber auch, dass sie sich freute und wie früher sehr zugänglich war.

*

Am nächsten Morgen zögerte ich noch, meine mit Euphorie begonnene Reise fortzusetzen. Wie würde das aussehen, mit Reisetasche und Präsentkorb bei Rosalie zu klingeln? Das sah zu sehr nach Absicht und Überfall aus. Ich buchte im Landhotel eine weitere Nacht, um für den Abend die Möglichkeit der Rückkehr zu haben. Gegen neun machte ich mich mit dem Präsentkorb auf den Weg zum Bahnhof, entschied mich dort für den Bus nach Schondorf. Damit konnte ich ohne umsteigen zu müssen durchfahren, während die Bayerische Regiobahn mich erst wieder zurück nach Kaufering gebracht hätte.

Es war ein warmer, sonniger Augusttag. Der Bus fuhr über die Dörfer. Schöffelding, Windach, Greifenberg, Eching. Ich konnte erste Blicke auf den Ammersee werfen. In der Ferne ragten die Alpen auf. Die Dörfer waren blitzsauber. Jedes hätte in einem Wettbewerb – „Unser Dorf soll schöner werden!" - den ersten Platz belegen können.

Schondorf liegt unmittelbar am Ammersee. Über die Bahnhofstraße wanderte ich der Seestraße zu, erreichte die Kirche St. Jakob, die auf einem kleinen Hügel liegt, den man das ‚Bergerl' nennt. Ich ging hinein, wurde am Mittelpfeiler von einem Madonnenfresko empfangen und betrachtete dann an einem barocken Hochaltar die Figur des Pilgerapostels. So edel, farbenprächtig und würdevoll hatte er damals bestimmt nicht ausgesehen. Pilgerstab mit goldenem Knauf, roter Umhang, goldfarbene Stiefel, prachtvoller Hut mit Muschelbesatz. In Wirklichkeit war er verzweifelt gewesen, seine spanische Mission gescheitert.

Eine wohltuende Stille umgab mich in der alten, romanischen Kirche. Irgendwie kam mir der absurde Gedanke: „Könnte man mit einem inneren Auge sehen, würde man die Frequenzen einer noch älteren keltischen Weiblichkeit wahrnehmen."

Da ich allein in der Kirche war, zündete ich eine der Kerzen vor dem Jakobus an und murmelte:

„Lass mich mit meiner Mission nicht scheitern!" Draußen dachte ich: „Du hast ja eigentlich keine Mission. Oder willst du Rosalie von ihrer Affenliebe bekehren?"

Ich erreichte die Seestraße, wanderte auf dem Weingartenweg nördlich den See entlang, bis ich an einen einsam gelegenen Bauernhof kam. Rosalie hatte mir damals, unmittelbar nach ihrem Umzug, im Anhang einer Mail ein Foto geschickt.

„So wohne ich jetzt!" hatte sie lakonisch in der Mail geschrieben. Als wollte sie sagen: „Du Idiot! Hättest du mich nicht wegen dem Affen verlassen, könntest du auch so schön leben."

Auf einem gepflasterten Weg steuerte ich auf ein großes Gutshaus zu. Es war zweigeschossig, weißgetüncht, die Fenster mit azurblauen Läden versehen. In einem Winkel angebaut war eine Scheune, vor der Rosalies Renault Cangoo stand. Das Giebeldach des Hauses wie auch der Scheune war mit hellroten Ziegeln bedeckt. Ich hatte keine Villa Kunterbunt wie bei Pippilotta erwartet. Aber das Blitzsaubere des Anwesens überraschte mich. Wahrscheinlich achtete der Bürgermeister persönlich darauf, dass die Häuser des Dorfes ordentlich waren und Rosalie die Auflagen erfüllte. Wie es hinter den Kastanienbäumen aussehen würde, die Haus und Scheune umgaben, war noch eine andere Frage. Rosalie neigte eher zur Unordnung. Bei unserer Reise nach Gibraltar lag im Wagen alles durcheinander, so dass wir ständig mit Räumen und Suchen beschäftigt waren. Nur die Kiste für den Affen sah man direkt.

Vor der azurblauen Eingangstür stellte ich mein Körbchen ab, lugte durch ein weiß umrahmtes Fensterchen auf eine langläufige Diele, die mit einem roten Teppich belegt war. Von dort würde sie mir entgegenkommen. Ich klemmte den Korb unter den Arm, drückte den Klingelknopf, lauschte einem angenehmen „Ding-Dong", trat einen Meter zurück. Nur eine halbe Minute später hörte ich, wie sich Schritte der Tür näherten.

*

Die Tür öffnete sich mit frischem Schwung. Ich stand Rosalie gegenüber, die mich mit halb offenem Mund anstarrte.

„Duuu?"

Mehr sagte sie nicht.

Sie hatte sich verändert. Die Zöpfe waren einer schulterlangen Frisur gewichen. Das Haar hatte einen milderen Rotton angenommen, war eher kupferfarben. Im Gesicht und auch sonst war sie etwas fülliger geworden, nicht mehr so gertenschlank wie früher. Sie trug kein marokkanisches Kleid, steckte in einem langen bis zu den Knöcheln reichenden schwarzen Gewand, an den Füßen Sandaletten. Sie sah gesund und zufrieden aus. Es schien ihr gutzugehen.

„Ich war in Landsberg", erklärte ich. „Zu einem Vortrag. Da wollte ich nicht an deinem Hof vorbeifahren."

Ich stellte den Präsentkorb ab, wartete auf eine Umarmung. Aber die kam nicht. Sie stand unschlüssig im Türrahmen, überlegte, immer noch überrascht, was sie mit mir anstellen sollte. Dann meinte sie, indem sie zur Seite ging:

„Komm doch rein. Du musst nicht draußen stehenbleiben."

Ich hob den Korb wieder auf, klemmte ihn unter den Arm, folgte Rosalie durch die Diele in einen Wohnraum. Bevor ich sie nach Nelsson fragen konnte, erblickte ich ihn sitzend auf einem hohen Kinderstuhl. Vor ihm, auf einer Ablage, stand eine Schüssel. Der Stuhl war an einen Tisch gerückt, auf dem drei Kerzen brannten.

„Der ist ja immer noch da!" entfuhr es mir. Und in etwas freundlicherem Ton fügte ich hinzu: „Schön, dass er noch lebt."

„Er hat heute Geburtstag", sagte Rosalie. „Drei Jahre."

„Woher weißt du, dass er Geburtstag hat?" fragte ich erstaunt.

„Weiß ich natürlich nicht. Ich nehme einfach den Tag, an dem ich ihn gefunden habe. Der 12. August. Erinnerst du dich noch?"

Ich nickte. An das genaue Datum erinnerte ich mich natürlich nicht. Für mich war das kein Festtag gewesen. Aber heute war der 12. August. Ich war durch einen merkwürdigen Zufall genau zu diesem Datum eingetroffen. Wahrscheinlich lag es daran, dass Rosalie so überrascht gewesen war.

Wer glaubt, dass nur Schimpansen intelligent sind, irrt. Auch ein Berberaffe kann lernen. Nelsson war auf die doppelte Größe gewachsen. Er hielt einen Löffel in der Hand, rührte damit in der Schüssel herum. Als er mich erblickte, hörte er mit dem Rühren auf, schob den Kopf etwas vor, verzog die Lippen zu einem missmutigen Blecken, so dass man die spitzen Zähne sah.

„Er hat heute seine Lieblingsspeise bekommen", erklärte Rosalie. „Erdnussmarmelade."

Ich trat mit dem Korb vorsichtig näher, holte die Flasche Tuba heraus, wendete mich Rosalie zu und sagte: „Die ist für Nelsson. Palmwein, Tuba von den Philippinen."

Ehe ich Weiteres erklären konnte, klatschte etwas an meinen Kopf. Nelsson musste den Löffel in die Marmelade getaucht und sie mir damit an die Schläfe katapultiert haben. Der Affe stieß jetzt schrille Töne aus, was wie ein schadenfrohes Meckern klang, hüpfte vom Kinderstuhl auf den Tisch und sprang mit einem gewaltigen Satz auf einen Schrank. Dort blieb er hocken, hatte den Kopf vorgeschoben und beobachtete mich.

„Freunde werdet ihr wohl nicht werden. Warte!" meinte Rosalie. Sie lachte, verschwand für einen Moment, kam mit einem Küchenhandtuch zurück und wischte mir die Marmelade von der Schläfe. Sie machte keine Anstalten, mit Nelsson zu schimpfen. Sie pustete die Kerzen aus.

„Komm, gehen wir in die Küche", forderte sie mich auf, „bevor er eine weitere Attacke startet. Da bist du sicher. Komisch. Bei anderen macht er das nicht."

„Er hat mich nicht in bester Erinnerung", erklärte ich. „Schließlich habe ich geholfen, ihn zu entführen. An dich hat er sich gewöhnt."

Ich folgte ihr mit dem Präsentkorb und der Flasche Tuba in eine geräumige Küche, die zugleich auch das Esszimmer zu sein schien. Ich stellte Korb und Flasche auf einen Tisch.

„Der Korb ist für dich", sagte ich. „Delikatessen aus Landsberg. Wenn es dir recht ist, könnten wir ja ein Picknick im Garten machen. Du hast doch so eine schöne Laube."

„Geht nicht. Gleich kommt Oumar. Wir essen dann."

„Oumar?"

„Mein Freund. Ein Neger aus dem Senegal, arbeitet hier in einer Gärtnerei."

„'Neger' darf man doch nicht mehr sagen", wandte ich ein, um meine Enttäuschung zu überspielen.

„Ich find den Ausdruck süß", widersprach Rosalie. „'Schwarzer' ist doch bescheuert. Bei Pippi Langstrumpf steht nicht ‚König der Schwarzen', sondern ‚Negerkönig'. Die können mir mit ihrem blöden Getue den Buckel runterrutschen. Soll ich etwa sagen, Oumar ist ein schwarzer Senegalese mit Migrationshintergrund?" Sie tippte sich an die Stirn. „Ich sag' ja auch nicht, du bist ein weißer Mann aus Bonn."

Damit war für sie die Diskussion erledigt. Ich wollte sie nicht weiter belehren, ihr Rassismus vorwerfen, nach anderen Ausdrucksmöglichkeiten suchen und ihr mit meiner ‚political correctness' auf den Geist gehen. Wahrscheinlich hatte man in den Kinderbüchern von Astrid Lindgren den ‚Negerkönig' schon ersetzt oder das Wort mit einem Sternchen versehen und in einer pädagogischen Fußnote erklärt, dass man so etwas nicht mehr sagen darf. Sprachlich war ja eh der Teufel los und man wurde andauernd von Feministinnen belehrt, was man sagen durfte und was nicht. Man begann über die eigene Sprache zu stolpern und musste immer auf der Hut sein.

„Setz dich doch!" sagte sie und schien meine Enttäuschung nicht zu bemerken. „Möchtest du eine Tasse Kaffee?"

„Gerne!" antwortete ich, konnte meine Neugierde aber nicht unterdrücken. „Wie alt ist er denn?" fragte ich.

„Och, etwas jünger als du. 31."

*

Ich hatte die Zahl gut verstanden, fragte aber noch einmal zurück. „31?"

„Ja. Was dagegen?"

„Nein, nein! Passt ja zu dir. Du liebst ihn?"

„Ja. Er kommt jeden Tag. Ich koche für ihn. Afrikanisch. Mafé, Poulet Yassa und anderes. Immer mit Habaneros."

„Habaneros?"

„Das sind ganz scharfe Chilis, sehen aus wie Minipaprikas."

„Und poulet? Das ist doch Huhn. Ich denke, du bist Vegetarierin. Warst du jedenfalls zu unserer Zeit. Im Supermarkt hast du immer mit Bio-Bio genervt."

„Das war früher. Jetzt nicht mehr."

Sie warf einen Blick auf den Präsentkorb, der noch auf dem Tisch stand.

„Lieb von dir", sagte sie. „Aber nimm ihn bitte wieder mit. Wir trinken keinen Alkohol. Oumar ist Muslim. Er mag auch nicht, wenn andere Männer mir etwas schenken."

„Eifersüchtig?"

„Ja. Er rastet sogar aus, wenn ich mich mit einem anderen Mann unterhalte. Er kommt in einer Stunde."

Das war wohl der diskrete Hinweis, dass ich mich zu verziehen hatte. Den Kaffee, den sie mir jetzt servierte, würde ich noch trinken können. Dann aber war es ratsam zu verschwinden. Vielleicht würde Schlimmeres passieren als mit Erdnussmarmelade beworfen zu werden.

„Was ist mit Nilsson?" fragte ich. „Ist er nachts immer noch im Schlafzimmer?"

„Nein. Oumar mag das nicht. Nilsson hat sein eigenes Zimmer. Er hat sich daran gewöhnt."

„Nilsson protestiert dagegen?"

„Nein. Er springt Oumar sogar auf die Schulter und lässt sich von ihm tragen."

„Und der Portwein? Nilsson ist auch von eurem Alkoholverbot betroffen?"

„Er bekommt jetzt Schokolade."

„Und du hattest noch keine Probleme, hier einen Affen zu halten? Du weißt, dass er meldepflichtig ist."

„Es kommt ja niemand außer Oumar."

„Ich bin gekommen."

„Ja. Schon. Einen Fremden hätte ich nicht hereingelassen. Du weißt ja, dass ich einen Affen habe."

„Wenn du aus dem Haus gehst", fragte ich, „ziehst du eine Burka an?"

„Nein. Das geht hier in Bayern nicht. Sonst würde ich es machen."

Was war aus meiner frechen Rosalie geworden? Sie musste der schwarzen Haut völlig verfallen sein. Dieser Oumar bestimmte ihr Verhalten. Rosalie ließ sich von einem Macho dirigieren, schien darin sogar ihre Bestimmung gefunden zu haben. Was für eine seltsame Welt! Was für ein Quantensprung! Bei mir war sie aufsässig gewesen, hatte gemeint: „Wenn der Affe dir nicht gefällt, dann geh doch!" Bei Oumar war es umgekehrt. Da würde sie eher zu Herrn Nilsson sagen: „Hau ab, wenn du dich mit Oumar nicht verträgst!" Der Berberaffe musste schlau sein. Bei mir konnte er den Molly machen. Bei Oumar spürte er, dass ihm das nicht bekommen würde.

„Rosalie", sagte ich, „ich will dir keine Schwierigkeiten machen. Ich trinke den Kaffee noch. Dann gehe ich. Den Korb nehme ich wieder mit und auch die Flasche Tuba. Darf ich mir wenigstens eine Zigarette drehen und hier rauchen oder muss ich in den Garten gehen?"

„Nein, nein. Oumar raucht hier auch. Ich weniger. Aber ab und zu nehmen wir beide ein Tütchen. Das habe ich nicht aufgegeben."

Sie sah mich prüfend an, verzog die Stirn zu Falten:

„Warum bist du überhaupt gekommen?" wollte sie wissen. „Nach drei Jahren. Warum auf einmal?"

Ich hob die Schulter. „Na ja", meinte ich. „Wir haben uns nicht als Feinde getrennt. War ja nur wegen dem Affen. Ansonsten war die Zeit schön. Ich war gern mit dir zusammen. Warum sollte ich dich nicht besuchen, wenn ich gerade mal hier in der Gegend bin."

„Und wie ist es bei dir?" fragte sie. „Hast du eine andere?"

Ich schüttelte den Kopf. „Nein, du warst die Letzte. Du bist schwer zu toppen."

„Danke! Hältst du immer noch so verrückte Vorträge?"

„Ja. Mein Gesetz ist noch nicht widerlegt worden. Das sehe ich täglich in der Klinik."

„Hmm. Glaubst du, dass ich Oumar guttue?"

„Auf jeden Fall! Aber er dir auch."

Fast hätte ich hinzugefügt: „Du siehst rund und zufrieden aus, bist nicht mehr so zappelig wie früher." Aber ich behielt diesen Gedanken für mich.

Wir unterhielten uns noch eine Viertelstunde. Ich erfuhr, dass sie wegen der Erbschaft keine finanziellen Sorgen hatte und sich den Luxus erlauben konnte, ab und zu ehrenamtlich in der Gärtnerei auszuhelfen. Ansonsten hatte sie mit Haus, Garten, Scheune und eben Oumar genug zu tun und langweilte sich nicht.

Ich trank noch eine zweite Tasse Kaffee, verabschiedete mich. Nur von Rosalie, nicht von Herrn Nilsson. Das hätte mir noch gefehlt, dass der Affe mich in die Hand beißt. Mit dem Präsentkorb unterm Arm wanderte ich gegen Mittag den Weg zurück zum Bahnhof. Eine Weile war ich in Versuchung, den Zug nach Kaufering zu nehmen und die Heimreise anzutreten. Die Tasche mit den paar Textilien hätte ich in Landsberg zurücklassen können. Das war kein großer Verlust. Und dass ich die Nacht im Hotel umsonst bezahlt hätte, war auch nicht schlimm. Aber als der Bus nach Landsberg kam, stieg ich ein.

*

Vom Bahnhof in Landsberg schlenderte ich mit dem Korb zum Lech, bog am Westufer auf die Promenade und setzte mich am ‚Englischen Garten‘ auf eine Bank. Was sollte ich mit dem Präsentkorb machen? Am Morgen war ich an der Hotelrezeption angesprochen worden.

„Da haben Sie ja einen schönen Korb!“

„Ist ein Geschenk für meine Freundin“, hatte ich stolz erklärt.

„Na, die wird sich aber freuen!“

Und jetzt sollte ich mit dem Korb wieder an der Rezeption vorbei. Das war mir unangenehm. Mit dem unbequemen Gepäck auf der Heimreise durch den Zug laufen wollte ich auch nicht. Sicher, ich hätte ihn Miriam schenken können. Aber irgendwie war mir die Freude an diesem Präsent abhanden gekommen. Ihn selbst einsam auf dem Hotelzimmer zu vernichten war auch keine Lösung. Ob ich wenigstens die Krapfen an die Enten verfüttern sollte? Ich war mir nicht sicher, ob das für die gesund war.

Da näherte sich ein gütiges Schicksal in Gestalt eines Landstreichers, der einen Einkaufstrolley hinter sich herzog und einen schweren Rucksack geschultert hatte. Der Mann, bestimmt schon in den Sechzigern, trug eine dunkelblaue verwaschene Fleecejacke, abgewetzte Jeans. An den Füßen steckten klobige, verfleckte Wanderschuhe, die wohl schon die halbe Welt gesehen hatten. Auf dem Kopf saß eine grüne Pudelmütze, unter der sich graues Haar ringelte. Der weiße, dichte Bart erinnerte an Rübezahl.

Er blieb an meiner Bank stehen, blickte auf den Korb und sagte:

„Na, Meister, da haben wir ja was Feines. Is da auch en Bier drin?"

„Nein. Aber setzen Sie sich doch! Ich kann Ihnen Prosecco anbieten und Wein. Sekt geht auch."

„Sin'se solo? Kommt da keiner mehr?"

„Nein, meine Freundin hat mich verlassen."

„Och enee, die Weiber! Dat is noch nie jutjejangen."

„Setzen Sie sich doch!" forderte ich ihn noch einmal auf. Ich habe allerdings keinen Korkenzieher."

„Och, dat macht nix. Werkzeuch hab' ich immer dabei."

Er zögerte noch, schien zu überlegen, ob das Angebot ernst gemeint war. Aber dann streifte er den Rucksack ab, lehnte den Trolley hinten an die Bank, setzte sich neben mich und begann sogleich zu erzählen. Ganz obdachlos war er nicht, jedenfalls nicht in dem Sinne, kein Dach über dem Kopf zu haben. Er hatte einen Behindertenausweis und fuhr nachts immer mit dem Zug. Jetzt war er auf dem Weg zu seiner Schwester nach Stuttgart, wo er alle paar Monate auftauchte, um mal wieder ein ordentliches Bett zu haben.

„Die Rente reicht doch für nix mehr. Da fahr ich lieber in der Gegend rum. Hab' schon ganz Deutschland gesehen."

„Womit fangen wir denn an?" fragte ich. „Was halten Sie von einem leckeren Wein?"

„Och ja!" antwortete er, öffnete eine Seitentasche an seinem Rucksack, holte ein Taschenmesser mit Korkenzieher heraus. Danach öffnete er den Rucksack, kramte darin.

98

„Ach ja, da isser!"

Seine Hand erschien mit einem Krug, auf dem die Münchner Liebfrauenkirche abgebildet war.

„Souvenir aus München", sagte er. „Da war ich gestern."

Ich entkorkte die Weinflasche, füllte ihm den Krug.

„Und selbst?" fragte er.

„Ich trinke aus der Flasche."

So saßen wir da auf der Bank, blickten auf den Lech, lächelten bei den verwunderten Blicken, die uns vorbeigehende Spaziergänger zuwarfen.

„Sie können auch gerne die Krapfen essen", schlug ich ihm vor. „Die Würste, die im Korb waren, habe ich leider herausgenommen. Meine Freundin ist Vegetarierin."

„Ach", tröstete er mich, „sowat taucht sowieso nix!"

Er griff beherzt zu, sagte „Lecker!", und als die Krapfen alle waren, begann er wieder zu erzählen. Von München, von seiner Schwester, vom Leben im Zug und in der freien Natur. Mit etwas Melancholie in der Stimme meinte er dann:

„Aber lang jeht dat nimmer jut! De Beine! Irjentsowat wie Polyneuro…neuro… Ich verjess dat immer."

Der Krug war rasch geleert. Ich spendierte noch den Prosecco, schlug dann aber vor:

„Wissen Sie was: Ich gebe Ihnen den Korb und Sie schenken den Ihrer Schwester. Den Sekt lassen wir drin. Die Flasche mit dem Palmwein auch. Das ist etwas ganz Besonderes. Ihre Schwester wird sich freuen."

„Neee? Wirklich?"

„Aber sicher. Ich brauche ihn nicht mehr."

„Und wat sach ich der, wo der her is? Ich kann sowat ja nich kaufen."

„Jahrmarkt. Kirmes. Sie haben ein Los gezogen und gewonnen. Einmal im Leben darf man doch Glück haben."

„Jute Idee. Wollen'se nich mitkommen? Dat Edith is auch solo. Die is zwar 75, aber noch jut in Schuss."

„Nein!" wehrte ich ab. „Ich muss das mit meiner Freundin erst einmal verdauen."

„Wat is denn passiert?"

„Sie hat sich in einen Afrikaner verliebt."

„So'ne richtich Schwatte?"

„Ja."

„Dat kenn ich. Hab' ich mal bei nem klugen Mann jelesen. ‚Beim Neger wird das Weib zum Weibe.' Da können'se nich mithalten."

„Er ist dreißig Jahre jünger als ich."

„Sehn'se. Kommen'se mit nach Stuttgart! Dat Edith is in Ordnung."

"Nein!" wehrte ich seinen Vorschlag wieder ab. „Außerdem habe ich noch eine Freundin in Mainz."

„Ach enee! Clever! Aber anders jeht auch nit. Dat is wie beim Fußball. Die ham auch ne Reservebank."

Der Prosecco war geleert. Wie auch beim Wein hatte ich mich mit dem Rest in der Flasche begnügt. Mein Sitznachbar hatte ja einen großen bayrischen Krug. Als der leer war, schielte er auf die Flasche Sekt im Korb.

„Wat is denn damit?"

„Der ist für Ihre Schwester. Ein Korb ohne Getränke geht doch nicht."

100

„Hamm'se auch wieder recht. Wie heißen'se eigentlich? Ich bin der Franz."

„Eugen."

„Und wo sin'se her?"

„Aus Bonn."

„Ne Rheinländer."

„Und Sie?"

„Och, mal hier, mal da, früher meistens in Wetzlar."

Ich richtete mich darauf ein, dass er mir seine ganze Lebensgeschichte erzählen würde. Aber das war nicht schlecht. Auf jeden Fall besser, als den Abend allein im Hotel zu verbringen und Trübsal zu blasen. Außerdem mochte ich es, wenn man dem Volk aufs Maul schaute. Den Umgang mit Vagabunden, Landstreichern und Obdachlosen fand ich oft viel sympathischer als die Gesellschaft der Etablierten. Ein Vagabund hat eine besondere Herzlichkeit. Da war viel passiert im Leben und alles Aufgeblasene, alle Wichtigtuerei war verschwunden.

„Wissen Sie was", schlug ich vor, „wir beide haben viel Zeit und gewiss auch Hunger. Ich gehe jetzt die paar Meter in die Altstadt und komme mit einer Pizza und ein paar Döschen Bier wieder. Was halten Sie davon?"

„Jute Idee. Aber bringen'se lieber en Zijeunerschnitzel und Pommes mit Mayo!"

„Mach' ich."

Ich hatte keine Lust, Franz zu belehren. „,Zigeunerschnitzel' sagt man nicht mehr. Ebenso wie ,Negerkuss'." Für Rosalie war der Negerkuss etwas Himmlisches, Sinnliches, Heißbegehrtes. Vor zwei Wochen war in Bonn ein Redakteur entlassen worden, weil er in einem Artikel über

Kinderkriminalität ,rumänische Klaukinder' geschrieben hatte. Die waren in ihrer Heimat zum Diebstahl gedrillt und ausgebildet worden. Was hätte er denn schreiben sollen? ,Heranwachsende anderer Nationalität mit fehlgeleitetem Sinn für Eigentum'? Da war ,rumänische Klaukinder' doch viel anschaulicher. Und eben auch präziser. Die neue deutsche Sprachpolizei aber spreizte sich und schlug mit ihrem Getue Kapriolen. Da wurde alles auf den Index gesetzt, was den Hauch einer Diskrimierung haben konnte. In manchen Kindergärten waren in diesem Jahr sogar Indianerkostüme verboten worden, um die Indianer nicht zu verletzen. Ich habe hier noch keinen Indianer gesehen. Leider! Eine Integration dieser philosophisch hochrangigen Ethnogruppe täte der deutschen Bevölkerung gut. Und bitteschön: Als was sollen die Kinder sich denn verkleiden? Als Zahnpastatube oder Klopapier?

Franz hatte ,Zigeunerschnitzel' gesagt, nicht weil er einen Sinti oder Roma beleidigen wollte, sondern einfach nur, weil es scharf und lecker war. ,Zigeunerschnitzel' ist ein Kompliment. Wenn man schon Ausdrücke aus dem Sprachgebrauch streicht, hätte es vor allem auch die Bezeichnung ,Rentner' verdient. ,Du Rentner' stigmatisierte eine nicht zu kleine Bevölkerungsgruppe als ,armes Schwein'. Ersetzt den Ausdruck doch durch ,Fronbefreiter mit Armutshintergrund', ihr Vollpfosten! Die Schweizer zum Beispiel haben ein ganz anderes Sozialsystem. Sagt man denen „Ich bin deutscher Rentner", bekommt man direkt etwas zu essen. Auch die Holländer sind viel sozialer. Nur das reichste Land Europas schaffte das nicht.

Als Leiter eines Irrenhauses konnte ich bei solchen Überlegungen richtig wütend werden. Denn nicht meine Patienten waren verrückt, sondern die da draußen.

Ich hatte also keine Lust, Franz zu korrigieren und machte mich kommentarlos auf den Weg in die Altstadt und kehrte nach einer halben Stunde mit zwei Schnitzeln, Pommes und acht Döschen Bier zurück zu der Bank.

So kam es, dass ich erst spät in der Dunkelheit ohne Korb im Hotel erschien. Der Abend mit Franz war amüsant und hatte mir Mut gemacht. Ich hatte ihm auch von Miriam erzählt und von meinen Bedenken, mir die zweite Abfuhr zu holen.

„Ach wat!", hatte er gemeint. „Von nix kommt nix. So'ne fromme Frau! Wat die alles weiß! Dat is doch ne klasse Partie. Da brauchste keinen Fernseher mehr."

*

„Von nix kommt nix!" Der Spruch ging mir auf der Fahrt nach Mainz nicht mehr aus dem Kopf. Ich philosophierte nicht über den Urknall, der ja nicht vom Nix kommen kann, sondern überlegte, was meine Handlung, also der überraschende Besuch bei Miriam, bewirken könnte. Würde ich nix machen, bliebe alles unverändert. Meine Unzufriedenheit, meine Einsamkeit, diese Sehnsucht, endlich wieder bei einer Frau im Arm zu liegen. Gewöhnt hatte ich mich an das Alleinsein nicht, konnte mich nicht damit arrangieren, wollte es abschaffen. Aber welche Folgen würde mein plötzliches Auftauchen haben?

Was würde das Resultat sein? Eine neue, mich niederziehende Enttäuschung oder endlich das Glück einer wunderbaren Nacht? Nein, nicht direkt am ersten Tag des Besuches, aber vielleicht am zweiten oder dritten, wenn man wieder etwas vertrauter miteinander geworden war.

Der wandernde Zimmermann würde gewiss nicht mehr da sein. Ich konnte mir nicht vorstellen, dass er sich bei Miriam verhockt hatte. Der wollte zu Fuß nach Italien, bis Sizilien. Aufgebrochen war er von Taunusstein, das gerade mal 12 Kilometer von Wiesbaden entfernt ist. So eine abenteuerliche Reise schon nach dem ersten Tag aufzugeben, schien mir unwahrscheinlich.

Bestimmt ist die Begegnung so abgelaufen: Er kommt an dem Haus vorbei, Miriam steht im Vorgarten. Er sieht zuerst die Frau, denkt „süße Schnecke!", bleibt stehen, wirft einen prüfenden Blick auf das Dach, sagt: „Oh, oh, oh! Das hält den nächsten Sturm aber nicht mehr aus. Da sind ein paar Schindeln locker."

Miriam hört das. „Wirklich?" sagt sie, geht zu ihm, schaut ebenfalls nach oben, sieht aber nichts. Aber sie sieht den zünftigen Burschen neben sich, der auf der Walz ist und sie an die Fahrensleute des Mittelalters erinnert. Sie sieht den Hut mit breiter Krempe, die schwarze Kluft mit dem weißen Hemd darunter, die goldenen Ohrringe. Das Felleisen, in dem sich Werkzeug und minimales Gepäck befinden, hat er lässig geschultert. Es ist eine Erscheinung wie aus einer anderen Welt.

„Vielleicht hat er recht", denkt sie, „und die Schindeln sind wirklich locker. Er muss es wissen. Aufs Dach steigen und nachsehen kann er ja mal."

Eine ökonomische Überlegung mag auch eine Rolle gespielt haben. „Ein Wandergeselle ist billiger als ein eingesessener Handwerksbetrieb. Aber bevor er bei mir aufs Dach steigt, biete ich ihm erst einmal eine Tasse Kaffee an. In der Küche können wir uns über den Preis einigen."

Wie lange er dageblieben ist, weiß ich nicht. Ich habe mich nicht mehr bei Miriam gemeldet. Aber dass so ein Geselle seine Reise aufgibt, ist unwahrscheinlich. Dann würde ihm das Wanderbuch entzogen. Er müsste die Kluft an den Nagel hängen, hätte die Walz unehrbar beendet. Nur eine schwere Krankheit wurde von der Zunft als Grund für einen Abbruch anerkannt. Aber Miriam war keine Krankheit, sondern das Gegenteil. Sie konnte sehr fürsorglich sein. Ich erinnerte mich. Einmal, ich steckte in einer kleinen Krise und hatte zu tief ins Weinglas geschaut, hat sie mich am Bahnhof in Mainz abgeholt. Sie schnüffelte an mir und sagte: „Du bist übersäuert. Ich werde dir ein Bad richten."

Und dann gab es das schönste Bad meines Lebens. Kerzen standen rund um die Wanne. Sie hatte Rosenblätter aufs Wasser gestreut und ein basisches Salz gegen die Übersäuerung hinzugegeben. Dazu lief im Hintergrund eine leise, romantische Étude von Chopin. Es war wohl eins der Klavierstücke, die er nach seiner Trennung von George Sand komponiert hatte. Mit einem Hauch von Melancholie. Denn sie, George Sand, wie ich mich bruchstückhaft erinnerte, hatte ihm geschrieben:

„Adieu, mein Freund, mögen Sie rasch von allen Übeln geheilt werden. Ich werde Gott danken für diese wunderliche Auflösung einer exklusiven

Freundschaft. Lassen Sie mich von Zeit zu Zeit wissen, wie es Ihnen geht."

Die Étude im Badezimmer von Miriam war wie ein wunderliches Vorzeichen gewesen. Nur eine Woche später kam der Wandergeselle. Wissen lassen, wie es mir ging, nein, das hatte ich nicht mehr fertiggebracht.

Dieses Mal sah ich den Vorteil auf meiner Seite. Sie hatte die Beziehung beendet, nicht ich. Vorwürfe waren also nicht zu erwarten. Die Professorin und der Zimmermann. Ob das über eine lange Strecke gutgehen konnte? Nach einem Spruch des Volksmunds kaum. „Gleich und Gleich gesellt sich gerne." Da hätte eher ich gepasst. Es hieß aber auch: „Gegensätze ziehen sich an." Nach der Volksweisheit stand es also unentschieden, eins zu eins. Ich wünschte dem Gesellen, dass er bis nach Sizilien gekommen war und dort eine feurige Sizilianerin kennengelernt hatte. Auch in Italien konnte man Arbeit finden.

*

Am späten Nachmittag kam ich in Mainz an, beschloss zu Fuß vom Bahnhof über die Rheinbrücke nach Mainz-Kastel zu gehen. Ich kam an dem Restaurantschiff vorbei, ließ für den Abend auf gut Glück einen Tisch für zwei Personen reservieren und wanderte dann weiter zur Wiesbadener Rheingaustraße. Es waren nur zwei oder drei Kilometer. Miriam wohnte in Nähe des Biebricher Schlosses direkt am Rhein. Ihr Häuschen würde sie nicht aufgegeben haben. Sie war immer richtig stolz darauf, dass sie dieses Juwel gefunden hatte. Ich war nervöser als mir lieb war, ging den letzten Kilometer langsam und eher schleppend wie einer, der sich auf dem Weg zum Examen befindet, schlecht vorbereitet ist und sich überlegt, die Prüfung sausen zu lassen. Noch konnte ich umkehren und mir sagen: „Deine Reise war nicht vergeblich. Mit Rosalie war es zwar ein Fiasko. Aber Landsberg war schön und der Abend mit Franz auch."

Doch schließlich stand ich vor dem Haus, stand am Vorgarten. Die aus Holz gefertigte Gartentür war neu. Die kannte ich noch nicht. In ihrer schlichten Art passte sie zu dem Fachwerkhaus. Wahrscheinlich eine Arbeit des Zimmermanns. An den Holzlatten war in der Mitte ein ovales Emailleschild angebracht mit ihrem Namen. Miriam Windhagen. Wenigstens schien sie nicht verheiratet, hatte auch keinen Doppelnamen angenommen. In sechs Jahren hätte viel passieren können. Ich war noch unschlüssig, das kleine Tor zu öffnen, durch den Vorgarten zum Haus zu gehen. War sie überhaupt da? Die angebaute Garage war verschlossen. Aber das bedeutete nichts. Miriam parkte ihren roten Opel Corsa selten davor. Aus repräsentativen Autos machte sie sich nichts. Bei ihrem Gehalt hätte sie auch einen Mercedes SL fahren können. Oder auch zwei. Eine Limousine für den Winter, ein Cabrio im Sommer.

Ich gab mir einen Ruck. „Führe es zu Ende, Junge! Kneifen geht nicht. Du hast diese ganze Reise unternommen. Jetzt willst du auch wissen, was daraus werden kann."

An der Haustür gab es keine Klingel, sondern zum Ambiente passend eine aus Bronze gegossene Schiffsglocke. Zog man an einem Strang, ertönte sie in einem lange nachhallenden C-Dur. Am unteren Glockenrand war zu lesen „Audi meam vocem!" – „Höre meine Stimme!"

Ich zog an einem Griff den Strang nach unten. Erst zaghaft, dann ein zweites Mal fester und bestimmter. Das mir vertraute „Bim-Bam" erklang, hallte nach, verstummte. Ich lauschte in das Haus hinein. Nichts rührte sich. Ich hörte keine Schritte. Ich zog noch einmal. Aber wieder nichts. Sie war nicht da. Vielleicht war sie sogar verreist. Jetzt im August waren Semesterferien.

Ich blieb unschlüssig stehen, überlegte. Sollte ich eine Nachricht schreiben, ihr den Zettel unter der Tür durchschieben? Sie wäre überrascht, würde mich bestimmt irgendwann anrufen. So hätte alles wieder zaghaft beginnen können und nicht so überfallartig. Aber ich zögerte. Neben der Tür, an die Hausfassade gerückt, stand eine kleine Holzbank. Ich setzte mich, stellte mir die Reisetasche vor die Füße, drehte mir eine Zigarette und blies Kringel in die Luft. Es war viertel nach sechs, ein warmer, noch am Abend schwüler Tag. Ich konnte von der Bank auf den Rhein blicken, sah den Schiffen nach. Die Sonne war schon westlich gerückt, gleißte verschleiert an einem diesigen Himmel. Ich bewunderte die voll erblühten Stauden im Vorgarten. Die Nachtkerzen mit ihren Gelbtönen, die blauvioletten Duftnesseln, den rosafarbenen Dost um einen kleinen Teich, in den über einen mit Kieseln belegten Zulauf kristallklares Wasser plätscherte. Ab und zu schnellte eine goldfarbene Orfe an die Oberfläche und schnappte nach einem verirrten Insekt.

Ich war müde. Von der Reise, dem Abend mit Franz, dem Fußmarsch zum Biebricher Schloss und

108

überhaupt von der Ungewissheit meines Unternehmens. Nicht nur der Körper, auch die Seele konnte sich erschöpfen. Mein Kopf sank auf die Brust. Ich schlief ein.

*

Irgendein Geräusch musste mich geweckt haben. Ich schlug die Augen auf, war noch nicht richtig wach, brauchte ein paar Sekunden, um mich zu erinnern und glaubte zu träumen. War ich im Orient gelandet, in Scheherazades Tausendundeiner Nacht? Ich blickte auf wunderschöne Sandalen, deren Riemen mit bunten arabesken Ornamenten bestickt waren. Darin steckten braune, schmale Füße mit goldenen Kettchen um das Gelenk. Mein Blick wanderte höher die schlanken Beine entlang, landete in Kniehöhe auf dem Saum eines mit Blumen bedruckten Sommerkleids.

Ich musste einen überraschten, wenn nicht gar blöden Gesichtsausdruck haben, als ich schließlich bei den roten schulterlangen Haaren angekommen war und Miriam erkannte. Irgendwie war sie schöner, fraulicher geworden. So empfand ich das im ersten Moment. Ich hatte die Lippen als schmaler in Erinnerung, als einen dünnen Strich mit herabgezogenen Mundwinkeln. Jetzt waren sie viel voller und anziehender. Sie hatte die Sonnenbrille auf die Nasenspitze gezogen, blickte mich über den Rand der Gläser verwundert an. Sie war wahrscheinlich genauso überrascht wie ich.

„Eugen, wo kommst du denn her?" fragte sie.

Ich rappelte mich von der Bank hoch, sagte mein Sprüchlein:

„Ich hatte einen Vortrag in Bayern, sollte in Mainz umsteigen, hatte noch Zeit und bin zur Rheinpromenade gegangen. Da habe ich unser Restaurantboot gesehen und kam auf die Idee dich zu besuchen."

Sie schüttelte den Kopf. „Sowas! Nach sechs Jahren tauchst du plötzlich auf? Warum hast du dich nie gemeldet?"

„Ich wollte nicht stören. Du hattest ja den Zimmermann im Haus."

„Ach so. Ja. Aber nur für eine Woche."

„Er ist weg?"

„Frage mich jetzt bitte nicht über mein Privatleben aus. Weshalb bist du gekommen?"

„Es war ein spontaner Einfall, als ich das Boot gesehen habe. Die Erinnerung war angenehm."

Sie schüttelte wieder den Kopf. „Komm doch rein. Wir müssen uns nicht draußen unterhalten. Du siehst übrigens müde aus. Eine Tasse Kaffee würde dir guttun."

Ich begann innerlich zu jubeln. Ein wichtiger Schritt war vollbracht. Ich empfand die Situation wie bei einer Ampel, die von Rot auf Gelb umschaltet. Das Grün würde auch noch kommen. Jedenfalls schätzte ich die Aussichten als gut ein. Auf jeden Fall war schon mal kein anderer Mann im Haus. Wenigstens im Moment nicht. Das war meine größte Befürchtung gewesen.

Sie schloss die Haustür auf. Ich folgte ihr durch den Flur ins Wohnzimmer. Es hatte sich nichts verändert. Jedenfalls kam mir alles vertraut vor. Der Blick durch die Terrassentür in einen angenehm verwilderten Garten, der Kamin mit der Sitzecke, das Regal, das eine ganze Wandlänge einnahm und vollgestopft mit Büchern war, der akkurat aufgeräumte Schreibtisch mit dem großen weißen Monitor und der Tastatur davor und auch der Chagall war noch da, die ‚Abenderinnerung', das romantische Bild, das ein verträumtes, von Blumen umgebenes Liebespaar im Mondenschein zeigt. Im Hintergrund, wie Miriam mir damals erklärt hatte, die südfranzösische Bergstadt Vence.

Das Bild hing über einem moosgrün bezogenen Chippendale-Sofa mit Zargenrahmen aus Mahagoniholz. Da hatten wir abends oft gesessen und in das Kaminfeuer geschaut. Dieses Mal mied ich das Sofa. Es wäre mir als allzu plump erschienen, ausgerechnet da wieder Platz zu nehmen. Ich entschied mich für den Ohrensessel neben dem Kamin, einen Sessel mit Daunenpolster und dem Charme der alten Tage, setzte mich, vergrub, während Miriam in der Küche Kaffee zubereitete, das Gesicht in den Händen und überlegte, was ich sagen sollte. Denn bei Miriam musste man vorsichtig sein. Ein falsches, unüberlegtes Wort konnte alles kippen. Sie war verbal äußerst empfindlich, konnte aber selbst gut austeilen. Wenn sie in Form war, hatte sie eine Scharfzüngigkeit mit Zuckerguss.

*

Ich hörte die Maschine in der Küche laufen. Nach ein paar Minuten kam sie mit einem Becher Kaffee, stellte ihn mir auf den Couchtisch vor dem Sessel, setzte sich auf das Chippendale-Sofa.

„Der Zucker ist schon drin", sagte sie. „Ist es nach sechs Jahren bei einem Löffel geblieben oder brauchst du inzwischen mehr?"

„Ist in Ordnung", meinte ich. Aber sie hatte recht. Inzwischen hatte ich das auf zwei gesteigert, so als müssten mir die Kohlenhydrate einen Ausgleich schaffen für die einsamen Stunden des Lebens. Sicher hatte sie auch bemerkt, dass ich mir inzwischen ein kleines Bäuchlein zugelegt hatte. Sport war bei mir Null. Ich hielt es mit Winston Churchills Spruch: „No sports!" So sah er auch aus, der Brite mit der Zigarre im Mund. Ich wusste nicht, welche Sportart ich hätte betreiben sollen. Schon in der Schule hatte ich immer eine Gnadenvier bekommen. Miriam entging nichts.

„Was hast du denn für einen Vortrag gehalten in Bayern? Wo denn?" fragte sie.

Sie interessierte sich sogleich für das Wissenschaftliche.

„In Landsberg. Flucht vor dem Weib. Zur Pathologie des Zeitgeists."

Sie legte die Stirn in Falten, hob die Augenbrauen:

„So? Und was ist das Pathologische?"

„Die Femininität geht auch bei den Frauen verloren. Sie tragen Hosen, werden zänkischer, organisieren sich gegen die Männer, verlieren das Mütterliche, Fürsorgliche. Überhaupt wird alles hektischer, gnadenloser. Die Verzweiflung der Männer nimmt zu."

„Das stellst du bei dir in der Klinik fest?"

„Nicht nur da. Man kann das ringsum an den Gesichtern ablesen. Man muss dazu nur durch einen Bahnhof wandern. Du bist übrigens eine Ausnahme. Diesen... na wie soll ich sagen? … diesen Look kenne ich gar nicht an dir. Die Sandalen sind zauberhaft, das Sommerkleid steht dir ausgesprochen gut und die Zeit ist irgendwie spurlos an dir vorübergegangen."

„An dir wohl weniger. Ich meine an deinen Ansichten", ergänzte sie. „Du bist noch nicht aus dem Patriarchat herausgekommen, trauerst alten Zeiten nach. Die Selbstständigkeit der Frauen schmeckt dir nicht. Du bist ein ziemlich fauler Kerl, Eugen. Möchtest bemuttert und verwöhnt werden. Dass man ‚Weib' nicht sagt, scheint dir entgangen zu sein. Das sagt man selbst nicht mehr bei den Marienfiguren, die du so schön findest."

„Ich meine das nicht herabsetzend", verteidigte ich mich. „Es ist ein Elementarbegriff, etwas Mächtiges so wie Sonne, Mond und Sterne, der Wind, das Meer, etwas zutiefst Natürliches. Und außerdem weißt du, wie ich das mit der Weiblichkeit meine. Meine Kritik betrifft nicht nur die Frauen, sondern vor allem die Männer, die idiotische Strukturen beibehalten wollen. Damals auf dem Restaurantboot hast du mir noch recht gegeben. Dass die Gesellschaft insgesamt pathologisch ist. Nicht nur die Frauen. Nein, die Männer viel mehr."

„Romantischer Spinner!" versetzte sie spöttisch. „Die Frauen sind Jahrhunderte lang unterdrückt worden. Du hast die Eierschalen noch nicht abgelegt. Geistig bist du ein Macho geblieben, verbrämst das nur mit einer kauzigen Psychologie. Als ob hinter jedem verzweifelten Mann eine verrückte Frau stehen würde. Da glaubst du selbst nicht dran."

„Doch. Das sehe ich täglich in der Klinik."

„Schwachsinn! Weil es Krankenhäuser gibt, sind noch längst nicht alle Menschen krank. Du verallgemeinerst einen Sonderfall. Deine Männer

113

sind an ihrer eigenen Schwäche gescheitert. Aber das hab' ich dir schon vor sechs Jahren gesagt. Du stehst immer noch mit einem Bein im Mittelalter. Ein kranker Fürst, der jammert und sich beschwert. Aber sag mir bitte, warum du auf einmal hier auftauchst, nachdem ich sechs Jahre nichts mehr von dir gehört habe. Kein Anruf, keine SMS, keine Mail, nichts. Gehst nicht ans Telefon. Du warst beleidigt, verstockt, bist abgetaucht."

„Du hattest die Beziehung beendet."

„Ich hatte dich nur gebeten, an diesem Wochenende nicht zu kommen."

„Weil du einen wandernden Gesellen beherbergt hast. Dein Häuschen ist immer vorbildlich in Schuss gewesen. Ich konnte es nicht glauben, dass da Schindeln locker sind."

„Er ist auf das Dach gestiegen und hat sie mir gezeigt."

„Du bist mit ihm auf das Dach gestiegen?"

„Nein. Er ist mit drei Schindeln heruntergekommen."

„Und hat dann eine ganze Woche gebraucht, um das zu reparieren?"

„Es waren noch andere Arbeiten fällig."

„Kann ich mir vorstellen."

„Eugen, was soll das? Ich bin dir keine Rechenschaft schuldig. Du bist auch kein Kind von Traurigkeit. Also wirf mir bitte nichts vor!"

Hatte ich vor einer Viertelstunde noch geglaubt, die Ampel sei von Rot auf Gelb gewechselt und würde bald auf Grün schalten, sah ich nun meine Felle davonschwimmen. Miriams Ton war schärfer geworden. Ihre Lippen näherten sich wieder dem gefürchteten Strichmund.

„Ich will dir ja gar nichts vorwerfen", entschuldigte ich mich. „Das ist Schnee von gestern. Warum sollten wir es nicht noch einmal versuchen? So schlecht war die Zeit doch nicht. Ich habe übrigens für uns heute Abend einen Tisch auf dem Boot reservieren lassen. Um acht."

„So? Hast du mich gefragt?"

„Nein. Wie denn? Ich habe das einfach auf gut Glück gemacht. Nenn' es meinetwegen Risiko."

Miriam schüttelte den Kopf.

„Du bist wahnsinnig. Weißt nicht, ob ich überhaupt zu Hause bin. Weißt nicht, ob ich Zeit habe und weißt nicht, ob ich überhaupt will. Frauen erobert man nicht wie eine Burg. Du bist wie ein Ritter, der nach sechs Jahren von einem Kreuzzug zurückkommt und ein herzliches Willkommen erwartet."

Ich schwieg, sank etwas tiefer in den Sessel, muss zerknirscht ausgesehen haben. Miriams Mund verlor das Strichhafte, ihr Gesicht bekam wieder einen milderen, weniger vorwurfsvollen Ausdruck. Jetzt packt sie das Mitleid, dachte ich. Sie lenkt ein. Vielleicht kommt doch noch Grün.

„Eugen", sagte sie. „Wir wollen ehrlich sein. Ich kann nicht. Er kommt um neun Uhr. Wir fliegen morgen nach Heraklion."

„Der Zimmermann?"

„Ja. Der Zimmermann."

„Er hat seine Walz beendet?"

„Er hat nur ein Jahr gebraucht, um wiederzukommen. Nicht sechs."

„Er wohnt hier in Wiesbaden?"

„Er hat eine Zimmerei in Mainz und macht auch Energieberatung. Für Gebäude."

„Ist dir gut bekommen. Du siehst hinreißend aus."

„Spar dir den Zynismus!"

Sie sah auf ihre Armbanduhr. „Ich kann dich zum Bahnhof bringen. Du siehst müde aus, musst nicht zu Fuß laufen."

Ich winkte ab. „Lass mal! Die paar Kilometer schaff ich noch. Oder besser: Bestell mir ein Taxi. Ich hasse Abschiede an Bahnhöfen."

„Wie du willst."

Sie verschwand in der Küche. Ich hörte sie telefonieren. Fünf Minuten später kam das Taxi. An der Tür hauchte sie mir einen Kuss auf die Wange, sagte:

„Tut mir leid. Du hättest dich eher melden sollen. Sechs Jahre sind zu viel."

*

Der Gang nach Canossa. So hätte ich meine Reise auch nennen können. Der Besuch bei Rosalie war gescheitert und der bei Miriam. Blieb mir noch Hertha in Königswinter. Da waren zwar zehn Jahre vergangen, aber wir hatten öfter miteinander telefoniert. So ganz war der Kontakt nicht abgebrochen. Aber jetzt am Abend noch nach Königswinter? Die dritte Niederlage kassieren? Ich hätte auch zuerst nach Hause fahren, mich ausruhen und dann am nächsten Tag oder etwas später den nächsten Anlauf starten können. Die Stadt am Rhein lag ja nur eine knappe Autostunde von meinem Haus im Bergischen entfernt. Aber dann sagte ich mir: „Trotz aller Müdigkeit und Enttäuschung ziehst du das jetzt durch! Du willst es wissen."

116

Dazu musste ich in Koblenz umsteigen. Rüber ins Rechtsrheinische in die Nähe von Vallendar. Bei Vallendar dachte ich an den alten Knaben Goethe. Der war im Liebeskummer von Wetzlar die Lahn runter gewandert und hatte sich in Vallendar an der Gesellschaft der jungen Maximiliane ergötzt. Der hatte es richtig gemacht und dazu geschrieben:

„Es ist eine sehr angenehme Empfindung, wenn sich eine neue Leidenschaft in uns zu regen anfängt, ehe die alte noch ganz verklungen ist. So sieht man bei untergehender Sonne gern auf der entgegengesetzten Seite den Mond aufgehn und erfreut sich an dem Doppelglanze der beiden Himmelslichter."

Trost also bei Hertha. Vielleicht. Falls sie will. Aber dieses Mal nicht überfallartig und auf Risiko. Dazu war das alles zu strapaziös. Zu später Stunde bei ihr zu klingeln, konnte schiefgehen. Dann müsste ich wieder zu Fuß zum Bahnhof oder mir noch einmal ein Taxi nehmen. Kurz bevor der IC in Koblenz ankam, tippte ich ihre Handynummer, rief an. Es war wie ein Spiel mit einem Würfel. Kommt die Eins, bist du raus. Kommt die Sechs, hast du Glück gehabt. Wenigstens weißt du vorher Bescheid und musst nicht wie ein Trottel vor der Türe stehen.

„Mazurka." Sie nahm den Anruf entgegen.

„Hier ist Eugen. Wie geht es dir?"

„Eugen! Na, so was!" sagte sie mit einem leichten Erstaunen in der Stimme. „Wie es mir geht? Na ja. Warum rufst du an?"

„Ich bin gerade auf der Durchreise, war in Mainz und komme gleich mit dem Zug an Königswinter vorbei. Da kam ich auf die Idee, dich zu einem Glas Wein einzuladen. Wir haben uns ja lange nicht mehr gesehen."

Sie zögerte, überlegte, meinte dann:

„Du erinnerst dich plötzlich wieder an mich?"

„Du warst doch immer für spontane Aktionen."

„Hmm, ja, naja. Wenn du meinst. Ich kann dich aber nicht am Bahnhof abholen. Ich sitz hier in der Küche, hab' mir ein Fläschchen Wein genehmigt und ein Tütchen geraucht. Du nimmst dir entweder ein Taxi oder kommst zu Fuß. Mein Gott, wie spät ist es überhaupt?"

„Neun Uhr. Gegen zehn bin ich da."

„Ich habe aber keinen Wein mehr. Rausgehen möchte ich auch nicht."

„Ich bring zwei Fläschchen mit. Bin gleich im Koblenzer Bahnhof. Da gibt es einen Laden."

„Sag mal, wie kommst du so plötzlich auf die Idee? Das ist doch schon lange her, dass wir uns gesehen haben. Erinnerst dich auf einmal an die alte Hertha."

„Alt? Du bist gerade zwei Jahre älter als ich. 62 ist doch mitten im Leben."

„Wenn du meinst. Probier es aus!"

Sie lachte. Hertha Mazurka war immer sehr direkt gewesen, nahm kein Blatt vor den Mund. Bisweilen streifte sie auch das Vulgäre oder war zumindest knapp davor. Rhetorisch war sie genauso begabt wie Miriam. Ob das eine besondere Eigenschaft rothaariger Frauen ist? überlegte ich. Alle drei hatten seltsamerweise diese Farbe. Rosalie, Miriam und auch Hertha. Ihren Spitznamen ‚rote Hertha' verdankte sie aber mehr ihrer politischen Einstellung, die sie öfter mit ihren Aktionen bewiesen hatte. Sie hatte gegen den Besuch des Schah protestiert, gegen den

118

Vietnamkrieg und gegen die Pershing, hatte sich mit Pharmakonzernen angelegt, Kiesingers Rücktritt gefordert, gegen die deutsche Waffenlobby gewettert, den Radikalenerlass verurteilt, mit anderen Kommilitonen das Bonner Rektorat besetzt und einmal mit einem Farbbeutel Helmut Kohl verfehlt. Einmal war sie auch auf Bewährung verurteilt worden, weil sie sich in ihrer Küche ein paar Hanfpflänzchen hochgezogen hatte. Irgendjemand, der ihr nicht wohlgesonnen war, hatte sie verpfiffen. Bei Hertha war immer etwas losgewesen. Ich hatte sie bei einem Psychologieseminar in Bonn kennengelernt, kaum mit ihr gesprochen, weil ich damals lieber studierte, statt mich an Demonstrationen zu beteiligen und Straßenbahnen umzuwerfen. Sie hatte mich, wie sie mir später gestand, als blass und brav, als zu angepasst betrachtet. Erst viele Jahre danach waren wir uns wieder begegnet.

*

Es war ein seltsamer Zufall gewesen. Elf Jahre ist das jetzt her. Diesen Zufall hatte ich einem Patienten zu verdanken, Heinz Kurtischeck hieß er, war evangelischer Pastor gewesen und litt unter den Vorhaltungen seiner Frau, er solle sein Licht nicht unter den Scheffel stellen und nach mehr streben. Das war so ähnlich wie in dem Märchen vom Fischer und seiner Frau. „Mine Fru, de Ilsebill, will nich so, as ick wol will."

„Soll ich etwa Papst werden?" hatte er geantwortet. „Es geht uns doch gut."

„Wie denn Papst, du Dummkopf! Du bist evangelisch. Aber Bischof wäre doch etwas."

Über der Nörgelei seiner Frau war Kurtischeck dem Alkohol zugetan, der ihn tröstete. Erst ein wenig, dann mehr. Bis seine Predigten immer unverständlicher wurden. Bei der letzten hatte er zu der Gemeinde gesagt:

„Ich spreche jetzt vor allem zu den männlichen Schafen. Der liebe Gott lässt euch grüßen. Als euer Bischof war ich bei ihm und er hat angemahnt, dass ihr in Demut das Schicksal hinnehmen sollt, das euch eure Frauen bereiten."

Danach wurde er suspendiert, glitt in eine völlige Verwirrung und wurde Gast im Haus auf dem Venusberg. Er hatte sich ein Bischofskostüm gekauft und es mitgebracht, ein katholisches, weil das farbenprächtiger war. Weißes Gewand mit Spitzenbesatz, roter Samtumhang, Mitra, Stola und Bischofsstab. Dazu trug er purpurrote Turnschuhe. So lief er täglich im Heim herum, klopfte an jede Tür und rief: „Dient euren Frauen! Dann segnet euch der Herr."

Er war harmlos, tat niemandem etwas zu Leide. Ich ließ ihn gewähren, redete ihn standesgemäß mit ‚Exzellenz' an und bat ihn einmal, da war gerade Altweiberfastnacht, mir sein Kostüm auszuleihen.

„Warum?" fragte er.

„Heute ist ein besonderer Tag, Altweiberfastnacht. Ich will die Männer ermahnen, den Frauen respektvoll zu begegnen."

„Das ist gut", meinte er. „Der Herr segne Sie! Ich bringe Ihnen gleich alles."

Hildegard, als sie mich am Abend im Sprechzimmer so verkleidet sah, schlug die Hände über dem Kopf zusammen und rief:

120

„Herr Dr. Mondmann! Was soll das denn?"

Sie dachte wohl, bei dem Umgang mit meinen Gästen sei auch mir der Verstand abhanden gekommen.

Ich beruhigte sie, sagte:

„Hildegard, heute ist doch Altweiberfastnacht. Ich gehe gleich in die ‚Lustige Witwe' und feier mit."

Da war sie halbwegs beruhigt, schüttelte aber den Kopf, als sie hinausging.

So kam es, dass ich abends in der ‚Lustigen Witwe' an der Theke stand und huldvoll den Gästen zunickte. Bis mir auf einmal jemand auf die Schulter klopfte. Ich drehte mich um. Vor mir stand die rote Hertha. Sie hatte sich als Fledermaus verkleidet, trug eine schwarze Fleecejacke mit Fledermausflügeln, einen schwarzen Minirock, schwarze Stiefel mit Pelzbesatz und schwarze Netzstrümpfe. Trotz ihrer Augenmaske erkannte ich sie an ihrer rotlockigen Löwenmähne und an der rauchigen Stimme.

„Oooh!" sagte sie und schmachtete mich an. „Ich bekomme immer ein feuchtes Höschen, wenn ich einen Bischof sehe."

„Wirklich?" fragte ich zurück.

„Aber ja doch!" meinte sie schelmisch.

*

Anfangs war es eine eher lockere Affäre. Karneval war Karneval und die rote Hertha eine recht attraktive Frau. Jetzt erfuhr ich auch mehr über ihr Leben. Sie betrachtete mich nicht mehr als den braven, angepassten Studenten. Ich stimmte ihrer Kritik am Kapitalismus zu, schimpfte mit ihr gemeinsam über die Profitspirale, die sich immer weiter und unbarmherziger nach oben schraubte und der Maßstab aller Dinge zu sein schien.

Der seltsame Name ‚Mazurka' stammte von ihrem Vater, einem polnischen Komponisten, von dem sie behauptete, er habe diesen gleichnamigen Tanz im Dreivierteltakt erfunden. Bei einer späteren Recherche merkte ich jedoch, dass das nicht sein konnte. Die erste Mazurka gab es bereits 1340. Wahrscheinlich meinte sie auch nicht ‚erfunden', sondern nur, dass er in diesem Stil komponiert hatte. Ebenso wie die Mazurka war auch Hertha recht sinnenfroh, was aber durch nächtelange Diskussionen getrübt wurde.

Auch wurde ich bald recht vertraut mit den Zielen der Frauenbewegung, mit dem Vokabular, dem Wortschatz und den Bedeutungen. Dem Gewaltmonopol des Mannes, der Pseudo-emanzipation, der Herr-Knecht-Dialektik, der Frau als vom Mann domestizierte Natur, der Instrumentalisierung der Frau, der Liebesideologie als Fata Morgana, der Verdummung der Frau durch Erziehung und Ehe, der Neurose der ‚Nur-Mütter', die sich zur Kompensation ihres Frusts der Herrschaft über das Kind bedienten, der ‚society of friends' nach Aufhebung der ehelichen Isolation und vieles, vieles mehr. Von der Ehe selbst hielt Hertha rein gar nichts. Für sie entsprachen sich die Situationen von Hure und Ehefrau. Beide waren für sie Objekte des Mannes. Die eine Eigentum eines einzigen. Die andere der Besitz von vielen.

Miriam gegenüber hatte ich nie durchblicken lassen, dass ich zumindest mit dem Wortschatz vertraut war – es war ja auch nur ein Vokabular und nicht unbedingt eine eigene Überzeugung. Natürlich hatte ich ihr nie von dem Lehrjahr bei Hertha erzählt. Wenn Miriam meint, ich sei hinsichtlich der Frauenemanzipation völlig blöd, irrt sie. Natürlich bin ich ein Romantiker, der nichts Schöneres kennt als Schmetterlinge im Bauch zu haben. Andererseits kenne ich aber auch ihre Gefährlichkeit. Ich fand die Idee der ‚society of friends‘, also der Beziehung von zwei freien freundschaftlich verbundenen Menschen sympathisch, bekam aber einen Aphorismus von Nietzsche nicht aus dem Kopf: „Frauen können recht gut mit einem Manne Freundschaft schließen; aber um diese aufrechtzuerhalten – dazu muss wohl eine kleine physische Antipathie mithelfen."

Ich fiel immer wieder zurück in romantische Anbetung, Träumerei und Poesie und dann eben auch in nagende Eifersucht. Wie bei Miriam. Eigentlich hätte ich sagen müssen: „Schön, dass es dir gut geht!" Aber so selbstlos war ich nicht. Die ‚society of friends‘ war eine hübsche Idee. Nur kamen immer Sex, Eifersucht, Besitzanspruch dazwischen. Besitzanspruch? War es das wirklich? War es nicht vielmehr die Sehnsucht nach Geborgenheit?

Hertha sah das alles etwas lockerer. Und da ich nicht so richtig verliebt war, ertrug ich es. Nur führten die ewigen Diskussionen über den ‚bösen Mann‘ zwar nicht unbedingt zu einem schlechten Gewissen bei mir, aber zu einem Unbehagen, das sich im Laufe der Zeit steigerte. Ich gehörte eben per naturam zu dieser Bande von Männern dazu, fühlte manchmal so etwas aufsteigen wie eine Kollektivschuld. Wenn man immer wieder allein wegen seines Geschlechtes zum Gegenstand der

Kritik wird, erzeugt das nur Missbehagen, Müdigkeit und Unmut. Vor allem wenn Nächte draufgehen, in denen man an eine andere als die verbale Kommunikation dachte. Nicht nur einmal erinnerte ich mich an Bhagwans Spruch: „Die westliche Frau ist auf dem Kriegspfad." Wenn Hertha sich bei einem gemeinsamen Fernsehabend ‚Ladies Night' anguckte, was sie unbedingt wollte, spazierte ich mit einer Dose Bier auf den Balkon, drehte mir eine Zigarette, sah lieber, wenn keine Wolken da waren, in den Sternenhimmel. Bereits nach der zweiten Sendung war ich abgefüttert von der sich wiederholenden Lästerei. Da hätte ich mir lieber noch einen Western mit Clint Eastwood angeguckt.

Aber ich war Hertha auch dankbar. Ich hatte einiges gelernt, nicht nur über den Feminismus. Sie hatte ihr Psychologiestudium geschmissen, war Heilpraktikerin geworden und machte mit mir auch Exkursionen mit der Wünschelrute. Ich hatte bis dahin nur an das Sichtbare geglaubt und hielt die Rutengängerei für Hokuspokus. Einmal nahm sie mich mit zu einem Hügel im Westerwald.

„Siehst du die Linie der Bäume dort?" fragte sie.

„Was haben alle Stämme gemeinsam?"

Ich erkannte natürlich die fußballgroßen Wucherungen an den Stämmen. Sie waren nicht zu übersehen. Baumkrebs. Nur auf einer ziemlich graden Linie, die sich den Hang hinunterzog, waren die Bäume betroffen. Die anderen in der Umgebung waren gesund.

Hertha drückte mir die Wünschelrute in die Hand.

„Geh die Linie entlang, in der die Bäume stehen, und du wirst es nicht verhindern können, dass die Rute ausschlägt."

So war es auch. Ich konnte wirklich nicht verhindern, dass die Rute, die ich mit beiden Händen hielt, mächtig nach unten zog und ruckartig ausschlug, sobald ich diese Zone betreten hatte. Außerdem fing mein Herz an wie wild zu schlagen und mir wurde komisch zumute. Man sah die Erdstrahlen nicht. Aber mein Körper reagierte darauf.

Anschließend sind wir zu mir gefahren und Hertha hat die Position meines Bettes getestet und sie dann den Signalen der Rute folgend verändert. Seitdem schlief ich tatsächlich besser.

Dass unsere Affäre oder meinetwegen auch Beziehung kaum ein Jahr dauerte, lag daran, dass sie den Verlockungen einer lesbischen Beziehung nicht widerstehen konnte oder wollte. Ich fühlte mich ausgebootet und ging auf Distanz. Was aber nicht verhinderte, dass wir gelegentlich freundlich telefonierten und uns für den Lebenslauf des anderen interessierten. Bei Hertha, so dachte ich zunächst, musste ich nicht mit dem Märchen vom Landsberger Vortrag kommen. Ich hatte ihr irgendwann einmal telefonisch von Miriam und Rosalie erzählt. Aber ich ließ diese Überlegung schnell wieder fallen. Sie würde fragen: „Warum bist du nicht zuerst zu mir gekommen? Ich wohne doch am nächsten. Bin ich nur deine Nummer drei?"

Ich kaufte in Koblenz zwei Flaschen Grauen Burgunder – den mochte sie besonders, wie ich wusste – und stieg in die Regionalbahn nach Königswinter.

*

„Sieh an!" sagte Hertha, als sie die Tür öffnete. „Da ist er ja. Jetzt musst du mir aber erklären, was dich hierhin verschlagen hat."

Sie sah verheult aus, hatte rote Augen. Die Löwenmähne war zerrauft, als sei sie gerade aus dem Bett gestiegen. Wenn man Besuch erwartet, kämmt man sich doch wenigstens. Irgendein Kummer musste so tief sitzen, dass ihr das egal war.

„Ich will endlich mal wieder mit einer vernünftigen Frau reden", erklärte ich noch im Türrahmen. „Ich werde ja wegen meinem Gesetz nur noch angefeindet."

„Dein Gesetz? Ach so. Hinter jedem gescheiterten Mann steckt eine Verrückte. Lustig. Aber komm rein. Hast du Wein mitgebracht?" Sie kicherte.

„Hab' ich."

Ich folgte ihr in die Küche. Küchen mag ich als mütterlichen Ort am liebsten. Ich stellte die Reisetasche ab, holte die beiden Flaschen Burgunder heraus, stellte sie auf den Tisch.

„Eine am besten in die Kühltruhe, die andere in den Kühlschrank", sagte ich. „Die sind noch zu warm."

„Ach, macht nichts."

Sie zog an der Küchenzeile eine Schublade auf, kramte einen Korkenzieher hervor, reichte ihn mir.

„Mach du das!"

Sie nahm die andere Flasche, öffnete die Kühltruhe, legte den Wein in eins der Fächer.

126

„Die knacken wir heute auch noch."

Sie öffnete eine Schranktür, stellte zwei Gläser auf den Tisch.

Neben ihrem Stopfgerät, der Tabakdose und den Zigarettenhülsen entdeckte ich grüne Krümel.

„Kummer?" fragte ich.

„Ja. Die Pharmabanditen haben mir wegen meiner Website eine Abmahnung geschickt. 5000 Euro. Die hab' ich nicht. Du siehst, du bist nicht der einzige, der angefeindet wird."

„Abmahnung? Weswegen?"

„Wegen einem Kraut aus den südchinesischen Bergen. Die Chinesen dort, die sich Tee daraus zubereiten, werden über hundert Jahre alt. Jiaogulan heißt die Pflanze. Oder auch ‚Kraut der Unsterblichkeit'. Die Lobby in Brüssel hat das auf den Index gesetzt. Ich hatte auf der Website geschrieben: ‚Dieses Kraut ersetzt den Arzt'. Dass es den Arzt ersetzt, darf man nicht schreiben."

Sie wischte mit der Hand durch die Luft. „Ach, ich habe keine Lust mehr, mich darüber aufzuregen. Wo kommst du eigentlich her?"

„Aus Landsberg in Bayern. Ich hatte dort einen Vortrag."

Sie kicherte. „Im Ausland. Was war das denn für ein Vortrag?"

„Pathologische Tendenzen der modernen Gesellschaft."

„Passt ja zu meinem Stress", murmelte sie. „Schenk bitte den Wein ein!"

Ich hatte die Flasche schon entkorkt, füllte die Gläser, drückte den Korken wieder auf die Flasche, legte sie neben die andere in das Kühlfach. Warmer Weißwein war nicht mein Ding. Hertha schien das egal zu sein. Sie schob den linken Ellbogen auf die

Tischplatte, stützte das Kinn mit der Hand, sah mich mit einem Blick an, den ich nicht deuten konnte, hob das Glas.

„Salute!" sagte sie. „Du kommst im richtigen Moment."

„Hertha", fragte ich, „sind es nur die 5000 Euro? Oder ist da noch etwas anderes?"

„Ich habe meinen Computer an die Wand geschmissen. Wir sind auf dem Weg zu einer digitalen Diktatur, einem Überwachungs-kapitalismus. Früher hatte man wenigstens noch richtige Feinde."

„Aber das wissen wir doch längst."

Sie nahm einen Schluck Wein, blickte an die Decke.

„Leonie hat geheiratet", sagte sie.

„Leonie?"

„Meine Freundin."

„Einen Mann?"

„Ja, einen Mann."

„Na, so etwas!" entfuhr es mir. „Wie kann sie nur!"

Hertha schien das überhört zu haben. Sie drehte das Weinglas in der Hand, blickte vor sich hin.

„Hast du Stoff dabei?" fragte sie.

„Nein", antwortete ich. „Ich baue auch nichts mehr an."

Sie leerte das Glas, schob es mir zu.

„Gieß nach!" forderte sie mich auf. „Ist doch alles scheißegal."

Ich holte die Flasche aus dem Kühlfach, drehte den Korken heraus, füllte ihr Glas nach.

Sie stützte ihr Kinn wieder auf die Hand.

„Vielleicht ist es wirklich egal", sagte sie. „Du kannst diese Nacht hier schlafen. Oder willst du noch weiterfahren?"

„Nicht unbedingt."

In dieser Nacht verwühlte ich mich endlich wieder im Weibe.

*

Ich blieb bei Hertha zwei Tage. Für zwei Tage war es schön. Wir konnten miteinander reden, diskutierten über die kommende digitale Diktatur und den Überwachungskapitalismus. Man kann daran nur Spaß haben, meinte ich, wenn man zum Hacker wird. Die eigene Stromrechnung manipuliert, dem doofen Fernsehen die Zwangsgebühren als erledigt attestiert. Wäre ich Lehrer, ich würde das Fach Informatik unterrichten und eine Generation von Hackern etablieren. Aber wir sind dazu leider zu spät geboren.

Am dritten Tag aber fing ihr Störfeuer wieder an. Was den Feminismus betrifft, fühlte ich mich nicht angesprochen, litt aber darunter. Ich unterdrückte keine Frau, lauerte ihnen nicht im Park auf, tätschelte ihnen nicht den Hintern, wenn sie es nicht wollten, hatte keine Besitzansprüche wie ein Herr auf seinen Sklaven, dominierte sie nicht mit Geld. Wahrscheinlich, lieber Eugen, dachte ich, bist du viel zu lieb und verständnisvoll. Zu romantisch. Das geht in der heutigen Welt schief. Aber was sollte ich tun? Die Indianer waren ausgestorben. Statt mit dem Pferd über die Prärie zu reiten, raste ich mit dem Auto über den Asphalt. Statt Rauchsignale zu geben glitt der Finger nur noch über ein blödes Display. Alles beschleunigte sich. Die Menschheit ist wahnsinnig, dachte ich. Das Vorbild für das Mobilheim ist die Schnecke. Die hat ihr Haus immer bei sich. Aber die ist langsamer und erlebt deshalb mehr.

„Hertha", sagte ich, „die ganze Kommunikation ist am Arsch."

Beim Abschied tröstete ich sie.

„Warte ab. Leonie kommt bald wieder. Dann ist der Eherausch vorbei. Und was dein Problem mit der Pharmaindustrie betrifft, da kümmert sich mein Anwalt drum. Geht es schlecht aus, bekommst du, wenn du einverstanden bist, von mir das Geld. Zahle es zurück, wie und wann du willst. Du darfst deine Praxis nicht deswegen schließen."

„Nein!" sagte sie. „Dann bin ich ja wieder abhängig."

„Ist nur ein Angebot", meinte ich.

Was hätte ich tun sollen? Nichts? Das ging auch nicht. Mein Angebot war ohne Bedingungen. Ich hatte ja nicht gesagt: „Dafür musst du lebenslang für mich kochen und die Luther-Bedingung erfüllen, also zweimal in der Woche mit mir schlafen."

Es war kompliziert. Ein Dilemma. Man konnte nur etwas falsch machen.

Der Abschied fand auf dem Bahnhof von Königswinter statt. Hertha sah gut erholt aus. Eigentlich mochte ich so große, schlanke Frauen, wenn nicht… na ja."

Am Sonntagnachmittag kam ich in meiner bergischen Hütte an, überlegte am Abend auf der Terrasse, was mir die ganze Reise gebracht hatte. Erlebnisse? Ja. Ein dauerhaftes Glück? Nein. Neue Gedanken für die Zukunft? Vielleicht. „Werde etwas besonnener!" dachte ich. „Steige wenigstens von Zigaretten auf Pfeife um!"

Am Montagmorgen, als ich in der Klinik ankam, begrüßte mich Hildegard.

„Ach, Herr Dr. Mondmann. Da sind ja wieder. Nur eine Woche statt zwei?"

„Eine Woche reicht. Wie waren die Sprechstunden?"

„Angenehm. Ich musste nur zuhören. Dass die Männer so bekloppt sind, wusste ich nicht."

„Wenn Sie wollen", sagte ich, „teilen wir uns den Job. Von Montag bis Mittwoch ich. Donnerstag und Freitag sind Sie dran. Selbstverständlich gibt es dafür auch eine Gehaltserhöhung. Die Klinik wirft ja immer mehr Gewinn ab. Wir sind voll belegt. Das wird sich auch nicht ändern."

———————————

„Das wird sich auch nicht ändern." Damit endete Mondmanns Reisetagebuch. Interessiert hätte mich, wie es mit ihm weitergegangen war. Aber das konnte er mir bei meinem nächsten Besuch erzählen.

War sein Bericht nun eine Entscheidungshilfe für mich? Konnte es die überhaupt sein? Ich bin kein Dr. Mondmann ohne Geldsorgen, kann mir kein Hotel leisten oder eine Dame mit einem Präsentkorb beglücken. Ich bin Maximilian Winter, ein Rentner, den selbst im kleinen Brohl kaum jemand kennt. Sogar in meinem Mietshaus geht es anonym zu. Unter mir wohnt ein Monteur, der selten da ist, über mir die alte Frau Wachtel, die einen Tick hat. Alle halbe Stunde betritt sie ihren Balkon, schüttelt Textilien aus. Und nachts streift sie sich Gummihandschuhe über und durchwühlt die Mülltonnen, überprüft, ob man alles richtig eingeordnet hat. In die gelbe, blaue, schwarze und braune Tonne. Sie sortiert und schimpft. Einmal hat sie bei mir geklingelt und gesagt:

„Herr Winter, ihre Gardinen hängen schief. Das sieht man von draußen."

„Werde ich ändern", habe ich sie beschieden.

Dann habe ich die Wasserwaage genommen und das überprüft. Es stimmte. Da war eine Abweichung. Die Gardinen hingen nicht ganz grade. Ich habe das korrigiert und gedacht: So übel sieht die alte Wachtel gar nicht aus. Die ist wahrscheinlich genauso alt wie du. Sie hat ein hübsches Gesicht und eine passable Figur. Aber dieser Tick! Kann man damit leben?

Deshalb habe ich nie bei ihr geklingelt: "Frau Wachtel, wie wär's mit einem Tässchen Kaffee? Wir sind doch Nachbarn."

Sie selbst ist auch nicht auf die Idee gekommen, bei mir zu klingeln. Bis eben auf dieses eine Mal wegen der Gardinen. Hätte ich sie da einladen sollen? Sagen: „Kommen Sie doch herein, Frau Wachtel! Das sehen wir uns einmal gemeinsam an."

Ja, vielleicht. Vielleicht wäre das ein Anfang gewesen. Aber ich hatte die Tür nur einen Spalt weit geöffnet und mir das angehört. Ich war ja selbst schon gestört und hatte mir eine soziale Phobie eingefangen.

Konnte mir Mondmanns Tagebuch Mut machen? Der hatte sich nicht gescheut, bis nach Bayern zu fahren und sich einen Korb zu holen. Ich musste nur die Treppe hoch. Was sollte ich sagen? Welchen Grund angeben?

„Frau Wachtel, bitte helfen Sie mir. Ich kann das nicht erkennen, ob die Gardinen grade sind. Ich schiele ein wenig. Nein, nein, das fällt so nicht auf, wenn man mich ansieht. Aber bei der Beurteilung von Linien macht es sich bemerkbar."

Ich verwarf diese Idee. Wer alle halbe Stunde Textilien ausschüttet und nachts Müll sortiert, ist nichts für mich. Das gibt nur Verdruss und Ärger. Schade, es wäre eigentlich ein schönes Zusammenleben. Sie oben, ich unten. Nur die Treppe dazwischen. Wenn man sich alles erzählt hatte, konnte ich mich wieder in meine Wohnung flüchten.

Was aber war mit Irmgard? Zehn Jahre lang keinen Kontakt mehr. So schlimm war es bei Mondmann nicht gewesen. Das waren bei dieser Hertha zwar auch zehn Jahre, aber es hatte immerhin Telefonanrufe gegeben. Die hatten sich noch für das Leben des anderen interessiert und Mondmann war weich gelandet. Bei den ersten Beiden war es gründlich schiefgegangen. Da hatten viel weniger Jahre dazwischen gelegen. Also lieber nicht, dachte ich. Du weißt ja wirklich nicht, ob dir jemand die Tür öffnet und wer das ist. Also hatte mir der Doktor mit seinem Bericht geholfen. Ich sah klarer. Bei Irmgard wieder zu erscheinen war ziemlich aussichtslos und würde in einer Enttäuschung enden. Diese Entscheidung war gefallen.

15

Mondmanns Reise, auch wenn sie in Mainz und Bayern gescheitert war, hatte mir ein wenig Mut gemacht und mich zu der Einsicht gebracht, wenn du dich nicht bewegst, passiert auch nichts. Dem Doktor war es ähnlich gegangen wie mir. Er hielt die einsamen Abende nicht mehr aus und hatte etwas unternommen. „Maximilian, das musst du auch!" murmelte ich nach der Lektüre immer wieder vor mich hin. Aber wo und wie? Sollte ich den singenden Wirt besuchen, von dem Mondmann gesprochen hatte oder noch einmal einen Versuch im Kurcafé wagen? Was anderes fiel mir nicht ein. Im Internet auf die Suche zu gehen verwarf ich. Das hatte nur Enttäuschungen gegeben.

Da spielte mir wie ein Wink vom Himmel der Zufall in die Hände. Als ich am nächsten Morgen den Briefkasten öffnete, fand ich eine Postwurfsendung, einen Flyer. ,Schefflers gemütliche Kaffeefahrt'. Es sollte von Bonn nach Andernach gehen für acht Euro. Acht Euro, das lag im Rahmen meines Budgets.

Nun hatte ich aber nichts Gutes über Kaffeefahrten gehört. Die endeten immer mit einer Verkaufsveranstaltung, wo einem Dinge aufgeschwatzt wurden, die man eigentlich nicht brauchte. Rheumadecken, Magnetkissen, Kochtöpfe, Heizöfen, Vitaminpräparate und so weiter. Es hatte sogar Fälle gegeben, da wurden die armen Senioren eingesperrt, bis alles verkauft war. Kaffeefahrten waren also in Verruf geraten. Insbesondere wenn sie mit Präsentkörben und Geldgewinnen lockten, die es gar nicht gab. Unseriöse Veranstalter setzten auf die geringe Widerstandskraft der Alten und zockten sie ab. Da wurden aus den acht Euro leicht tausend oder mehr, wenn man etwas unterschrieb und wegen einer Sehschwäche das Kleingedruckte nicht las.

Aber nicht alle Veranstalter waren kriminell. Vielleicht gehörte Scheffler zu den ehrlichen. Eine Bonner Telefonnummer war angegeben. Ich konnte also anrufen und einen ersten Eindruck bekommen. Gab es die Nummer überhaupt oder landete man im Nirgendwo, wie das oft geschehen war, wenn man einen Vertrag widerrufen wollte. Außerdem wollte ich wissen, ob ich in Brohl zusteigen konnte. Extra nach Bonn zu fahren und dann zurück über Brohl nach Andernach, das nur 10 Kilometer entfernt war, dazu hatte ich keine Lust. Ich rief also an, landete nicht in einer Warteschleife. Eine freundliche, weibliche Stimme meldete sich.

„Kaffeefahrten Scheffler. Guten Morgen. Was kann ich für Sie tun?"

„Guten Morgen! Maximilian Winter. Ich interessiere mich für die Kaffeefahrt am Samstag nach Andernach. Ich wohne in Brohl. Müsste ich extra nach Bonn kommen oder kann ich auch in Brohl zusteigen? Das liegt ja auf dem Weg."

„Aber nein! Sie müssen nicht nach Bonn kommen. Wir sammeln Sie in Brohl ein. Warten Sie an der Tankstelle. Die kennen Sie?"

„Ja, natürlich. An der B9."

„Schön, Herr Winter. Der Bus wird pünktlich um zehn Uhr da sein. Sie steigen ein. Bezahlen können Sie im Bus. Sind Sie allein oder fährt noch jemand mit?"

„Ich bin allein."

„Das ist sogar gut, Herr Winter. Wir haben dieses Mal überwiegend Damen an Bord. Da lockert ein allein reisender Herr die Gesellschaft etwas auf. Darf ich fragen, wie alt Sie sind?"

„66."

„Das passt doch. In Andernach machen wir einen kleinen Rundgang. Andernach ist ja bekannt als essbare Stadt. Wenn Sie auch den Geysir besuchen wollen, müssten Sie allerdings extra dafür bezahlen. Das sind für das Ticket 15 Euro. Haben Sie aber an diesem Tag Geburtstag, zahlen Sie nichts. Nehmen Sie also auf jeden Fall Ihren Personalausweis mit."

„Ja", meinte ich, „den hab' ich immer dabei. Sie schreiben, dass die Fahrt mit einer Verkaufsveranstaltung endet. Muss ich etwas kaufen?"

„Aber nein. Das dürfen wir gar nicht. Das ist selbstverständlich freiwillig."

„Gut. Dann mache ich das."

„Fein, Herr Winter. Aber seien Sie bitte pünktlich. Am besten ein paar Minuten vor zehn. Der Bus kann nicht warten. Falls sich etwas ändert, rufe ich Sie an. Ich habe ja Ihre Nummer auf dem Display."

Ich sah kein Risiko in der Fahrt. Wenn mir etwas nicht gefiel, konnte ich die paar Kilometer mit dem Zug zurück nach Brohl. Den Geysir würde ich mir sparen. Den hatte ich schon besucht. Ebenso die essbare Stadt. Man konnte rund um die Burgruine gehen. Da war für die Bürger alles Mögliche angebaut. Kartoffeln, Mangold, Artischocken, Salate, Grünkohl, Möhren, Bohnen, Tomaten. Es gab Sträucher mit Beeren, Apfel-, Birn- und Kirschbäume. Im Herbst konnte man sogar Esskastanien einsammeln. Pflücken war erlaubt. Außerdem waren in der Altstadt Beete mit Kräutern verteilt. Ich interessierte mich aber weniger für den Rundgang. Meine Sehenswürdigkeiten saßen im Bus.

16

Am Mittwoch hatte ich Mondmann besucht. Jetzt war Donnerstag. Es gab also noch etwas Zeit bis zur Kaffeefahrt. Was hatte der Doc zu mir gesagt? „Basteln Sie ruhig auch an Ihrem Auftreten, an Ihrer Erscheinung. Es muss ja nicht die dezente Rentnerkleidung sein."

Eine neue Garderobe konnte ich mir nicht kaufen, aber da kannte ich in Remagen einen Second-Hand-Shop, wo man getragene Textilien fand, die noch gut in Schuss und vor allem billig waren. ‚Lisa' hieß der Laden. Ich war schon einmal dort gewesen, als ich nach Brohl gezogen war und eine Ausrüstung für die Küche brauchte. Töpfe, Pfannen, Teller, Tassen, Geschirr. Statt in einem Laden für Haushaltswaren mehrere hundert Euro auszugeben, war ich bei ‚Lisa‘ mit dreißig Euro davongekommen. Um Möbel hatte ich mich nicht zu kümmern, war aber sehr seltsam eingerichtet. Mein Vermieter hatte einen Antiquitätenladen in der Goldenen Meile von Bad Breisig. Er fuhr regelmäßig nach Belgien oder Holland, um neue Kostbarkeiten zu erstehen, die er dann, weil er in seinem Geschäft keinen Platz mehr hatte, bei mir abstellte. Die Wohnung war lange nicht vermietet gewesen. Sie war sein Lager. Dass er sie nicht leerräumte, war mir recht. Ich hatte ja keine eigenen Möbel. Hatte er etwas verkauft, holte er bei mir Nachschub, brachte zugleich aber Ersatz mit. So wechselte jeden Monat mein Inventar. Es waren wunderschöne Stücke, edle Antiquitäten. Hatte ich etwa im März noch eine Riemer Standuhr im Jugendstil mit Pendel und Glockenschlag, das Holz aus gebeizter Eiche, so stand im April an derselben Stelle eine englische Empire aus Kiefer. Ertönte im März der beliebte Glockenschlag von Big Ben, so war es im April der von Westminster. Wie mit den Standuhren ging es auch mit den anderen Möbeln. Den Schränken, Vitrinen, Tischen, Stühlen, dem Schreibtisch. Nur das Bett war mein Eigentum. Inklusive Matratze stammte es auch von Lisa. Wenigstens beim Schlafen wollte ich etwas Regelmäßigkeit. Sollte mich einmal für längere Zeit eine Frau besuchen, wusste ich gar nicht, wie ich diesen Stil erklären sollte. Entweder musste sie mich für unendlich reich halten oder für verrückt. Und nicht ungefährlich wäre ihre Überlegung:

„Was er mit den Möbeln macht, macht er auch mit mir."

Aber die Wohnungseinrichtung war jetzt nicht das Problem, sondern ich selbst.

Ich fuhr also zu ‚Lisa' und begab mich auf die Suche, durchforstete Regale und Kleiderständer. Ich fand eine bordeauxrote Lederjacke, die nach Freizeitpilot aussah. Mit vielen Taschen und Reißverschlüssen. Ich begutachtete mich im Spiegel, überlegte, ob die Jacke nicht zu verwegen war. Aber mit der Größe 54 passte sie genau und so kaufte ich sie für 8 Euro. Ich legte noch hellblaue Jeans dazu, fand für zwei Euro auch Lederstiefel, die abgetragen waren, als sei ich jahrelang durch die Prärie geritten. Ein marokkanisches Hemd fand ich leider nicht, aber ein weißes, weites, das sich angenehm von den üblichen steifen Bürohemden unterschied und vorzüglich zur Jacke passte. Ich zögerte noch, mir einen schwarzen Hut mit breiter Krempe zu kaufen, sagte mir aber „Wenn schon, denn schon!" und legte den an der Kasse dazu. Für 15 Euro war ich neu eingekleidet.

„Junge", sagte ich mir zu Hause, „es gibt nicht nur das Äußere, sondern auch das Innere. Lernst du eine Dame kennen, will sie das irgendwann auch erforschen. Also was bist du?"

Piloten standen hoch im Ansehen, aber ich hatte keine Ahnung vom Fliegen. Das ging nicht. Wenn der Teufel es wollte, traf ich auf eine Stewardess, die das sofort merkte. Es war besser bei der Wahrheit zu bleiben, diese aber attraktiv zu verkleiden, so wie Mondmann es mir empfohlen hatte. Nach meinem Beruf gefragt würde ich nicht sagen ‚Zugbegleiter'. Nein, ich war für die europäischen Verbindungen der Deutschen Bahn zuständig, auch wenn ich nur ein paar Mal im Leben von Basel nach Mailand gefahren bin. Dass ich als Rentner nur auf dem Sofa lag und nichts tat, das ging überhaupt nicht. Ich rief am Nachmittag im Nationalforstamt Eifel an und sagte, ich wollte Wolfsberater werden. „Was muss ich tun?"

„Da kommen Sie am besten persönlich vorbei. Unser nächster Lehrgang beginnt im August. Wir suchen vor allem aber Leute für den Biber. Der steht bei uns im Zentrum."

„Nein, nein", sagte ich. „Ich bin mehr am Wolf interessiert. Der muss wieder eine neue Heimat bekommen."

„Ja, da haben Sie natürlich recht. Aber wie gesagt, kommen Sie erst einmal persönlich vorbei. Wir müssen uns ein Bild machen, ob Sie für den Lehrgang geeignet sind. Aber wenn Sie wollen, könnten Sie schon Wolfspate werden. Mit einem nicht zu hohen monatlichen Beitrag. Die Unterlagen schicken wir Ihnen zu."

„Gut", sagte ich. „Dann fangen wir so an. Ich werde Wolfspate. Aber den Lehrgang will ich natürlich auch machen."

Ich gab Namen und Adresse an. Wolfspate zu werden, wenn es nicht zu teuer war, konnte ich mir immer noch überlegen. Ob ich wirklich in die Eifel nach Schleiden-Gemünd fahre, wusste ich noch nicht. Aber auf jeden Fall hatte ich etwas zu erzählen, konnte meine Zukunft als Wolfsberater vorwegnehmen in die Gegenwart. Mit dem Anruf gehörte ich jetzt schon dazu. Um wenigstens theoretisch Wolfsexperte zu werden, musste ich mich nur noch im Internet tummeln und bis zum Samstag Wissen sammeln. Welche Dame würde sich schon mit dem Wolf auskennen und mich entlarven? Das war nicht zu befürchten. Die kannten das Tier doch nur aus dem ‚Rotkäppchen‘.

17

Ich fieberte dem Samstag entgegen, war schon um sieben auf den Beinen, duschte, rasierte mich gründlich, betätschelte die Wangen mit einem neuen Rasierwasser, das ich mir in Remagen gekauft hatte und das ‚Opium‘ hieß. Neue Bekanntschaften gehen auch durch die Nase. Ein bisschen Verführung musste sein. Bevor ich mit meiner neuen Kleidung das Haus verließ, legte ich noch ein paar Tropfen nach. Unten am Briefkasten traf ich die Frau Wachtel, lüftete den Hut und sagte freundlich „Guten Morgen!" Sie sah mich nur erstaunt an, überlegte wohl, ob ich es wirklich war oder ein Gast, der mich besucht hatte. Um viertel vor zehn stand ich an der Tankstelle, wartete.

Tatsächlich, pünktlich um zehn kam der Bus, ein moderner Cityliner. An den Seiten von einem Regenbogen untermalt stand ‚Scheffler’s Reisen‘.

Ich stieg ein, wollte beim Fahrer zahlen, aber die Dame, die neben ihm saß, winkte ab, sagte: „Das machen wir vor der Rückfahrt. Sie sind Herr Winter, nicht wahr?" An der Stimme erkannte ich, dass ich mit ihr telefoniert hatte. Sie war offensichtlich die Reiseleiterin.

„Suchen Sie sich ein Plätzchen!" forderte Sie mich auf.

Ich warf einen raschen Blick durch den Bus. Da saßen überwiegend Frauen. Hier und da war ein Mann. Die Frauen waren wohl reiselustiger oder auch kulturell interessierter. Manche saßen zu zweit, aber es gab auch noch freie Plätze. Es ging natürlich nicht, durch den ganzen Bus zu laufen und die Damen zu mustern. Das konnte ich diskreter beim Rundgang in Andernach machen. In der dritten Reihe war noch ein Platz frei. Ich grüßte die Dame, die am Fenster saß mit einem „Guten Morgen!" und setzte mich. Meine Nachbarin, wie ich auf den ersten Blick festgestellt hatte, musste in meinem Alter sein, eher aber weniger. Sie sah unternehmungslustig aus. Auf einer blonden, mittellangen Ponyfrisur saß ein Cowboyhut aus schwarzem Leder , sie hatte eine rote Steppjacke an, trug einen knielangen schwarzen Faltenrock. An den Ohren, als sie den Kopf bewegte, baumelten große, goldfarbene Ohrringe. Sie erwiderte mit einem Lächeln meinen Gruß. Ihrem interessierten Blick entnahm ich, dass ich nicht ungelegen kam. Aber was sollte ich sagen, wie ein Gespräch beginnen? Da war ich unbeholfen. Die Einleitung „Fahren Sie auch nach Andernach?" war albern, denn das war offensichtlich. Man fragt ja auch nicht in einem Flugzeug mit Direktflug: „Fliegen Sie auch nach Madrid?"

„Kennen Sie Andernach schon?" fragte ich. Was anderes fiel mir nicht ein. Aber wenigstens hatte ich damit einen Versuch gestartet.

„Nein. Und Sie?"

„Ich wohne fast nebenan. Ich war schon in Andernach, aber jetzt, mit einer kundigen Führung ist das etwas anderes. Da erfährt man viel mehr. Ich bin neugierig auf dieses Konzept, dass man da alles pflücken darf. Es heißt ja ‚essbare Stadt'. Ich interessiere mich dafür."

„Sie haben beruflich damit zu tun?"

„Nein, nein. Ich bin eher im Bereich der Forstwirtschaft."

Sie fragte nicht weiter nach, obwohl sie mir neugierig zu sein schien. Stattdessen wollte sie wissen: „Sie besuchen auch den Geysir?"

„Weiß ich noch nicht. Im Grunde ist das nur eine Fontäne. Sieht man bei jedem Brunnen. Nur nicht so hoch. Erst einmal der Rundgang."

„Hoffentlich ist die Verkaufsveranstaltung ohne Zwang", meinte sie. „Man hört so allerlei. Eigentlich bin ich nicht für diese Kaffeefahrten, aber ich hatte bei Scheffler schon andere Städtereisen gebucht und war zufrieden."

„Wo waren Sie denn schon überall?"

„Ach, da kommt einiges zusammen. Berlin, Barcelona, Málaga, Rom, Paris, Wien, Prag, letzten Monat Lissabon. Das hat mir besonders gefallen. Kennen Sie die ‚Weiße Stadt'?"

„Nein, leider noch nicht."

„Sollten Sie kennenlernen. Es ist schön da. In der Altstadt, am Tejo, am Hafen. Fahren Sie am besten im Mai oder Juni. Da ist es noch nicht so heiß."

„Fahren? Eine so lange Busreise?"

Sie lachte. „Man kann natürlich auch fliegen."

Ich nickte. „Ich reise auch gerne. Ist bestimmt ein guter Tipp."

Eine Weile lag mir die Frage auf der Zunge: „Reisen Sie allein?" Aber das war mir zu direkt und zu früh. Obwohl… Warum sollte man das nicht fragen dürfen? Ich ließ es aber. Bei dem Rundgang würde ich ja merken, ob sie sich mir gerne anschloss oder aber eine andere Gesellschaft suchte.

So unterhielten wir uns die paar Minuten, bis der Bus Andernach erreichte, über das Reisen. Da

143

ich außer Palermo nichts kannte, schwärmte ich nur davon und von einem Ausflug zum Ätna.

„Sollten Sie auch kennenlernen", sagte ich. „Mit der Bahn, mit der Circum-Ätnea, einem Bummelzug rund um den Vulkan. Traumhaft schön. Und wenn man schon mal auf Sizilien ist, muss man Taormina gesehen haben. Mit dem Amphitheater, dem Sarazenenbahnhof direkt am Meer. Der Ätna ist übrigens noch aktiv. Sitzt man im Amphitheater, sieht man immer eine Rauchsäule über dem Berg. Die ganze Aussicht ist grandios."

„Gott sei Dank gehören Sie nicht zu den Rentnern, die nur herumsitzen", bemerkte sie anerkennend. „Oder arbeiten Sie noch?"

„Seit einem Jahr nicht mehr. Ich war für die europäischen Verbindungen der Bundesbahn zuständig. Aber auf die faule Haut legen geht natürlich nicht. Jetzt bin ich für den Eifelforst als Wolfsberater tätig."

„Ach!" Sie sah mich neugierig an. „Wolfsberater? Da müssen Sie mir aber mehr von erzählen. Das ist ja interessant."

„Gerne", sagte ich. „Wenn Sie wollen, können wir den Rundgang zusammen machen. Ich würde mich freuen."

Das war ehrlich und keine Floskel. Ich fand die Dame neben mir ausgesprochen hübsch und munter. Als wir in Andernach aufstanden, sah ich, dass sie eine schöne feminine Figur hatte. So muss ich das hier sagen. Als Mann guckt man ja auch darauf und sieht das nicht erst nach ein paar Stunden. Ich fand es an der Zeit mich vorzustellen:

„Ich heiße übrigens Maximilian oder auch kürzer Max."

144

„Sonja," sagte sie.

18

Jeder Mann hat seine Traumfrau. Von einem Beuteschema will ich nicht sprechen. Das ist despektierlich. So ein Schema kann man z.B. deutlich bei einem erkennen, der einmal ausgezeichnet Tennis spielte. Vergleicht man die Neue mit der Vorgängerin, sehen sie sich zum Verwechseln ähnlich. Wenn man berühmt ist, ist es viel leichter, eine schöne Frau zu erobern. Dass ausgerechnet ich, wo mich kaum jemand kennt und der Geldbeutel schmal ist, auf Sonja gestoßen bin, ist ein Glücksfall, den ich mit keinem Lottogewinn tauschen möchte. Eindeutig hat mir Mondmann dazu verholfen. Denn ohne ihn hätte ich diese Kaffeefahrt nicht unternommen. Und wenn doch, wäre ich bescheiden in grauer Rentnerkleidung eingestiegen und hätte nie behauptet Wolfsberater zu sein. Und so allein, wie ich eingestiegen bin, wäre ich auch wieder ausgestiegen. Vielleicht hätte ich auch aus Höflichkeit eine Rheumadecke gekauft. Aber mit Mondmanns Beratung kam alles ganz anders.

Sonja, während wir in Andernach um die Burgruine wanderten, wollte alles wissen. Ich erzählte vom Fährtenlesen, von den seltenen Fotos, die ich gemacht hatte, schwadronierte von den Gesprächen mit ängstlichen Schäfern, die ich beruhigen musste und schwärmte von dem Hochsitz oberhalb von Brohl in Niederlützing. Den Hochsitz gibt es wirklich. Ich war im letzten Herbst einmal dort oben gewesen, um Äpfel und Birnen einzusammeln, die man dort von den Bäumen schütteln kann. Dabei bin ich auch auf den Hochsitz geklettert, um die wunderbare Aussicht bis hin zur Burg Olbrück zu genießen. Ob hier tatsächlich der Wolf wandert, weiß ich nicht. Es könnte aber sein. Insbesondere pries ich die warmen, romantischen Sommernächte, in denen ich auf den Wolf wartete.

„Man kann ihn oft sehen?" fragte sie.

„Nein. Eher selten. Er ist sehr scheu."

„Kommt er allein?"

„Nein, die kommen immer in der Gruppe, ich meine im Rudel. Meistens sind es vier."

„Haben Sie keine Angst, im Wald einem Wolf zu begegnen?"

„Ach was. Die sind wirklich sehr scheu und gehen dem Menschen aus dem Weg."

„Aber wie man hört, reißen sie ab und zu Schafe."

„Ganz selten. Das ist vielleicht einer von tausend. Sie deswegen zu erschießen, ist Unsinn. Der Wolf ist nämlich die Gesundheitspolizei im Wald und nimmt dem Förster viel Arbeit ab. Der Wolf kümmert sich um die kranken Tiere. Nur beim Muffelschaf macht er eine Ausnahme. Aber die Muffelschafe gehören nicht in unser Ökosystem. Die hat mal jemand aus Korsika eingeführt. Das sind Klettertiere, die eigentlich auf Felsen heimisch sind. Die haben wir hier aber nicht so wie auf Korsika. Auf den Felsen sind sie in Sicherheit, aber nicht im Wald. Das weiß der Wolf und deshalb jagt er sie, weil sie nicht in den Wald gehören."

146

„Einen Wolf würde ich gerne auch einmal beobachten."

„Ja, das können wir versuchen. Am besten aber erst im Juli. Dann hat der Wolf seine Jungen großgezogen und wandert wieder."

Ich hatte das einfach so behauptet, um Zeit zu gewinnen. Ich wusste noch zu wenig über den Wolf und hatte auch noch keine Ausrüstung wie z.B. ein Nachtsichtgerät. Ich wollte mich nicht blamieren. Zwar konnte ich, wenn wir da oben auf dem Hochsitz waren und kein Wolf kam, sagen:

„Schade. Diese Nacht ist keiner gekommen."

Aber lieber wäre mir, es käme wirklich ein Wolf und ich konnte ihr das Nachtglas geben.

Von den Kräutern, dem Gemüse und den Beerensträuchern haben wir bei dem Rundgang wenig mitbekommen. Gegen Mittag waren wir uns einig, auf Geysir und Verkaufsveranstaltung zu verzichten. Wir blieben hinter den anderen immer weiter zurück, bis wir uns unauffällig entfernen konnten. Am Andernacher Markt setzten wir uns vor ein Café, bestellten zwei Cappuccino. Ich hatte zuerst Bedenken, Tabak und Zigarettenpapier aus der Jackentasche zu holen. Das war ja so eine Sache mit dem Rauchen und hätte den zarten Anfang wieder zerstören können. Aber dann sagte ich mir:

„Ach was! Tu dir den Stress bloß nicht an" und fragte sie, ob ich rauchen dürfe. Da lächelte sie, holte aus einer Tasche ihrer Steppjacke ein Päckchen ‚Pall Mall', legte es auf den Tisch.

„Aber ja doch!" sagte sie.

Jetzt war auch die Zeit gekommen, persönlichere Dinge zu erfahren. Sie war geschieden, seit langem schon, hatte, wie sie sich ausdrückte, auch im „Transportwesen" zu tun gehabt, war ein Jahr älter als ich und seit einer Affäre von vor zwei Jahren solo. Sie wollte auch wissen, wie das mit meinem Liebesleben aussah und ich konnte knapp sagen: „Da ist seit einiger Zeit nichts mehr. Es ist nicht so einfach, eine attraktive Partnerin zu finden."

Den Bus haben wir sausen lassen, sind mit dem Zug zurückgefahren. Das Geld für den Bus, das sie noch nicht eingesammelt hatten, werde ich an Scheffler's-Reisen überweisen. Als ich in Brohl ausstieg, hatte ich ihre Telefonnummer und eine Einladung zum Abendessen direkt am nächsten Tag. In Bonn-Beuel.

Eine Gegeneinladung macht mir Kummer. Meine Möbel! Was ich da machen kann, weiß ich noch nicht. Frauen interessieren sich ja sehr dafür, wie man wohnt und ziehen daraus ihre Rückschlüsse. Wolfsberater wollte ich wirklich werden, sobald wie möglich nach Schleiden-Gemünd fahren und mich vorstellen. Alles Weitere wird man sehen. Nach langer, langer Zeit hatte ich endlich wieder einen Kuss auf der Wange, den sie mir beim Abschied gegeben hatte. Noch am Abend verstaute ich meine Märklinbahn im Keller. Damit wollte ich nicht mehr spielen.

19

Seltsam, wie die Welt sich verwandelt, wenn man verliebt ist. Wäre mir die alte Frau Wachtel im Hausflur begegnet, ich hätte sie umarmt und gefragt: „Wie geht es Ihnen?"

Ein aufkeimendes schlechtes Gewissen hatte ich aber bei Sonja wegen meiner Aufschneiderei mit dem Hochsitz. So beschloss ich noch am selben

Tag, das Erfundene nachzuholen und es wirklich zu erleben. Kurz vor der Abenddämmerung packte ich eine Decke in einen Rucksack, steckte eine Taschenlampe und eine Thermoskanne mit Kaffee dazu. Von meiner Wohnung in der Koblenzer Straße ging ich durch das Lammertal nach Niederlützingen hoch, wo oben auf einem weiten Plateau am Rand des Waldes der Jagdsitz war. Ich stieg auf den Sprossen unter das Dach, legte die Decke auf eine Holzbank, hoffte, dass kein Jäger kommen und mich vertreiben würde. In der beginnenden Abenddämmerung hatte ich eine wunderbare Aussicht über die weiten Wiesen mit den Obstbäumen, über die Äcker und konnte bis zur Burg Olbrück sehen, die sich geheimnisvoll wie eine ferne Gralsburg ausmachte. Der Himmel verfärbte sich in ein goldenes Orange und Rot. Dann wurde es dunkler und die ersten Sterne erschienen. Im weiter entfernten Dorf sah ich die Lichter der Fenster. Die Bäume standen wie verhüllte Silhouetten. Es war ein warmer Maitag gewesen. Jetzt wurde es kühler. Ich legte mir die Decke über die Schulter und beobachtete die Lichtung am Waldrand. Gegen elf Uhr zog die Sichel des Mondes herauf, gefolgt von der Venus. Schemenhaft konnte ich Umrisse erkennen. An die Stille war ich lange nicht mehr gewöhnt, aber ich empfand sie als wohltuend und besänftigend. Ab und zu hörte man ein Knacken im Unterholz, ein Käuzchen rief, das heisere Bellen eines Fuchses durchzog die beginnende Nacht. Es knackte lauter im Wald, kurz darauf sah ich zwei Rehe über die Wiese springen. Eine Stunde später durchpflügte eine Rotte Wildschweine einen Acker. An den Umrissen sah ich, dass Frischlinge dabei waren. Ich verhielt mich ganz still, hoffte, dass sie bald abziehen würden. Ich wusste, dass die Brachen und auch die Keiler in diesem Monat besonders gefährlich waren. Man begegnete ihnen besser nicht. Nach einer halben Stunde zog die Rotte wieder ab, verschwand im Wald. Gegen die aufkommende Müdigkeit trank ich Kaffee, beschloss, nicht die ganze Nacht bis zur Morgendämmerung auf dem Hochsitz zu verbringen. Ich wollte nicht übermüdet bei Sonja erscheinen.

Bis um zwei Uhr wollte ich bleiben und hoffte, dass ein Wolf kommen würde. Gegen halb zwei löste sich ein Schatten vom Waldrand. Ich hielt den Atem an. Mein Herz begann schneller zu schlagen. War er wirklich gekommen? Aber dann sah ich an dem Umriss, dass es für einen Wolf zu klein und geduckt war. Es musste ein Fuchs sein, der sich jetzt Richtung Dorf davonmachte.

Um halb drei packte ich alles in den Rucksack, stieg die Sprossen herunter, ging, den Wald im Rücken, auf dem Feldweg zum Lammertal. Ab und zu sah ich mich um. Es war etwas unheimlich, nachts dort zu gehen. Aber nichts passierte. Es war nur ungewöhnlich still. Mit der Taschenlampe leuchtete ich mir den Weg aus, hatte nach zwanzig Minuten Brohl erreicht und schloss endlich die Haustür auf.

Ich war beruhigt wegen meiner Aufschneiderei, beschloss aber, mich künftig gegenüber Sonja mit solchen Erzählungen zurückzuhalten. Wahrscheinlich war das gar nicht notwendig gewesen, um Aufmerksamkeit zu bekommen. Irgendwie hatte die Chemie von Anfang an gestimmt und die Geschichte mit dem Wolfsberater war überflüssig gewesen. Aber jetzt hatte ich das in die Welt gesetzt und musste sehen, wie daraus Realität wurde. Tief und traumlos schlief ich bis um zehn Uhr durch, erinnerte mich beim Aufwachen sofort daran, dass mir ein schöner Tag bevorstand, der mein Leben hoffentlich verwandeln würde.

20

Immer war ich mit dem Zug gefahren. Jetzt, an diesem besonderen Sonntag, wanderte ich von Brohl zur Bad Breisiger Rheinpromenade, löste ein Ticket der Bonner Schifffahrtsgesellschaft und stieg um drei Uhr in die ‚Poseidon'. Rheinabwärts ging es nach Bonn.

Als wir am Drachenfels vorbeikamen und kurz darauf in Königswinter zu einem Zwischenstopp anlegten, musste ich an Mondmann und seine Auseinandersetzung mit dem Feminismus denken. Bei Sonja würden mir solche Diskussionen nicht blühen. Ihr war das Thema wie mir auch herzlich egal.

Die ‚Poseidon' legte vom Steg in Königswinter ab. Auf der gegenüber liegenden Seite des Rheins zog Mehlem vorbei. Ich musste lächeln, erinnerte mich daran, wie ich mich vor etwa zwölf Jahren auf der Wanderung mit Irmgard das Ufer entlang geschleppt hatte. Da waren wir auf dem Rückweg von Mehlem nach Bonn. Die Beine schmerzten. Irmgard schritt rüstig voran, drehte sich ab und zu nach mir um. Ihr spöttischer Blick ließ mich die Zähne zusammenbeißen und ich verzichtete darauf, zum Mehlemer Bahnhof zu gehen und mit dem Zug zurück nach Bonn zu fahren.

Wie anders war das jetzt! Wie leicht, wie froh segelte ich auf dem Rhein dahin, konnte es kaum erwarten, dass das Schiff endlich am Alten Zollamt in Bonn anlegte. Zugleich hatte ich das Gefühl einer bangen Erwartung, mochte kaum glauben, dass es mich mit 66 Jahren noch einmal erwischt hatte und hoffte, dass es Sonja genauso ging. Irgendwie musste ich an diesem Sonntag fröhlicher ausgesehen haben als sonst. Die Menschen auf dem Passagierdeck blickten mich freundlich an, einige nickten mir sogar zu, und als mein Ticket beim Betreten des Schiffes überprüft worden war, hatte der Kontrolleur gemeint: „Sie scheinen sich ja richtig auf die Fahrt zu freuen."

Als das Schiff in Bonn anlegte und ich ausstieg, fiel mir ein: „Mein Gott, Maximilian, du hast kein Geschenk dabei, stehst mit leeren Händen vor ihrer Tür. Was nun? Wenigstens ein paar Blumen. Aber woher am Sonntag?"

Da fiel mir die Marienkirche im Zentrum der Bonner Nordstadt ein. Sie war in Nähe der Heerstraße. Vom Alten Zollamt war das ein Kilometer und dann konnte ich rasch auch die Kennedybrücke hinüber nach Beuel erreichen. Es war doch Mai, der Monat Mariens, der Maienkönigin. Da wurden die Altäre immer mit Blumen geschmückt. Wenigstens eine wirst du dir nehmen können. Sie wird es dir verzeihen, vielleicht sogar darüber lächeln. Dafür zünde ich auch eine Kerze an und werfe zwei Euro in den Opferstock. Ich wollte wenigstens eine rote Rose symbolisch in den Händen halten, wenn ich bei Sonja klingelte.

Nervös und noch unsicher betrat ich die Basilika, nahm den Hut ab, drehte ihn unschlüssig in den Händen. Das war mein erster Kirchendiebstahl. So etwas hatte ich noch nie gemacht. Gott sei Dank war die Kirche um diese Nachmittagszeit leer. Durch das Mittelschiff ging ich zum Hochaltar, wo direkt hinter der letzten Stufe eine große Vase mit langstieligen Baccararosen stand. Ich stellte mich dicht vor die Vase, machte eine Verbeugung zum Altar hin, wobei mir von einem mehrflügligen Gemälde die zwölf Apostel streng zuschauten. Ich zog rasch eine Rose heraus, versteckte sie unter meiner Lederjacke. Ich hoffte, dass es in der Kirche keine Videoüberwachung gab. Stellte man mich zur Rede, würde ich behaupten: „Da waren Läuse auf einer Blüte. Ich habe sie nur herausgenommen, damit die anderen nicht befallen werden."

Rasch begab ich mich zu einem Seitenaltar, wo vor einem Madonnenbild Kerzen brannten. Ich warf zwei Euro in den Opferstock, nahm aus einem Ständer eine neue Kerze, zündete sie an, stellte sie dazu und murmelte: „Entschuldige bitte. Ich werde dir sobald wie möglich eine neue Rose bringen. Und wenn du es gut meinst mit mir, lass mich Wohlgefallen bei Sonja finden."

Unbehelligt verließ ich die Basilika, eilte rasch zur Kennedybrücke. Niemand verfolgte mich.

21

Keine hundert Meter hinter der Brücke bog ich nach links in die Rheinaustraße, kam am ‚Bahnhöfchen' vorbei, einem Biergarten, von dem aus man auf den Rhein blicken konnte, und landete dann an der Ecke Rheinaustraße/Wolfsgasse. Hier wohnte Sonja in einer Altbauvilla mit zwei Etagen. Die Fassade war wohl erst vor kurzem in einem makellosen Weiß gestrichen worden, die Fenstersimse leuchteten sienafarben, das großzügige Mansardendach war mit korallenroten Ziegeln bedeckt. Zwei runde Erker an den Seiten vermittelten den Eindruck eines kleinen Schlosses. In der oberen Etage, zum Rhein hin, beherrschte ein bogenförmiger Balkon die Vorderseite des Hauses. Hinter dem Geländer erblickte man eine weite Fensterfront und unter einem dreieckigen Giebel darüber war ein buntes Rosettenfenster angebracht. Der Vorgarten war zur Straße hin nicht umzäunt, sondern von einer niedrigen Mauer aus Sandstein abgetrennt.

Ich wunderte mich darüber, dass Sonja ausgerechnet an der Wolfsgasse wohnte, schüttelte den Kopf über diesen seltsamen Zufall und hatte schon Bedenken, sie jemals in meine bescheidene Brohler Hütte einladen zu können. Verglichen mit ihrer Stadtvilla war das Haus in der Koblenzer Straße in Brohl grau und armselig.

„Was soll es!" dachte ich. „Die einen wohnen so, die anderen eben so. Jetzt bist du schon mal hier und guckst, was passiert." Ich schüttelte die Bedenken ab, ging auf einem gepflasterten Weg an blau und rosa blühendem Flieder vorbei zur Tür. Zwei Parteien wohnten im Haus. Unten eine ‚Familie Bernd', oben Sonja. Ich drückte auf den Klingelknopf, hörte ein leises melodisches „Ding-Dong", kurz darauf den Summer. Ich betrat ein weit ausladendes Atrium. Es roch nach Knoblauch und Kohl. Da kam mir auch schon Sonja von der Treppe her entgegen. Sie trug einen dunkelroten, langen Faltenrock, eine weiße, schlicht gehaltene

Bluse. Die Füße steckten in farbenfrohen Hippiesandalen. Um das rechte Fußgelenk lag anmutig ein goldenes Kettchen. Ich war unten stehen geblieben. Sie lächelte, umarmte mich, sagte:

„Schön, dass du gekommen bist!"

Ich überreichte ihr die Rose, murmelte: „Ist nur eine. Aber die schönste, die ich finden konnte." Ich entschuldigte mich, dass sie nicht in Papier oder Zellophan eingewickelt war und reichte sie ihr vorsichtig, so dass sie sich nicht an den Dornen, die noch am Stiel saßen, verletzen konnte.

„Lieb von dir!" meinte sie, zog die Nasenflügel hoch, schnupperte und sagte entschuldigend:

„Riecht hier meistens so im Haus. Der Herr Bernd ist mit einer Afrikanerin verheiratet. Kein Gericht ohne Kohl und Knoblauch. Aber wir kommen gut miteinander aus. Ab und zu wird es laut, aber das stört mich nicht. Komm. Erst trinken wir einen Begrüßungssekt."

Ich stieg hinter ihr die mit einem roten Läufer belegte Treppe hoch. Sonja führte mich in ein großes, geräumiges Wohnzimmer, das mit seinen antiken Möbeln sehr geschmackvoll und edel wirkte. Ich war sehr pünktlich gewesen, denn in diesem Moment ertönte der Glockenschlag einer Standuhr. „Bim, Bam, Bim, Bam – Bam, Bam, Bim, Bim", gefolgt von sechs einzelnen Schlägen.

„Westminster", sagte ich fachmännisch. „E-Dur".

„Oh, du kennst dich aus?"

„Hatte im April auch so eine", antwortete ich. „Jetzt habe ich sie gegen eine französische Comtoise getauscht. Wollte mal was anderes hören. Bevor sie mit ihren Schlägen die Zeit angibt, ertönt der Anfang der Marsaillaise."

Ein erstaunter Blick traf mich. Ich hatte aber keine Lust zu einer Erklärung. Hoffentlich hielt sie mich nicht für einen reichen Snob. Ich würde ihr später noch beichten, warum bei mir teure Uhren ausgetauscht wurden.

„Gehen wir nach draußen", sagte sie und öffnete die Balkontür. „Einen so schönen Tag im Mai müssen wir doch ausnutzen."

Ich folgte ihr auf den Balkon, stellte mich an das Geländer, blickte auf den Rhein und das gegenüber liegende Bonn, lobte die Aussicht: „Mein Gott, hast du es schön!"

„Ja. Aber du musst deinen Hut nicht aufbehalten."

Sie stellte sich neben mich auf die Zehenspitzen, hob mir den Hut vom Kopf, lachte und verschwand damit in der Wohnung. Kurz darauf kam sie mit einer Flasche Sekt und zwei Gläsern zurück.

„Auf uns!" sagte sie, als wir mit den Gläsern anstießen.

22

Bedenken kamen bei mir auf. Wie sollte das gutgehen? Reiche, wohlhabende, muntere, immer noch schöne Frau und der arme Bahnrentner aus Brohl, der in einer Zweizimmerwohnung zur Miete wohnte, keine eigenen Möbel besaß bis auf ein Bett. Der bis vor kurzem noch mit einer Märklinbahn gespielt hatte, stundenlang seinen Fischen im Aquarium zusah und in seiner einsamen Verzweiflung noch vor ein paar Tagen einen Bonner Psychiater aufgesucht hatte. Hätte Sonja nicht eher zu einem Bankmanager, einem Konzerndirektor, berühmten Filmschauspieler oder B 747-Piloten gepasst? Warum ausgerechnet ich? Und das auf einer Kaffeefahrt nach Andernach. Hatte meine Erzählung über die Wölfe sie so beeindruckt? Oder hatte ich bei der Auswahl meines Outfits einfach ein glückliches Händchen gehabt? Wie sollte ich diesen Eindruck halten, beibehalten, bestätigen können? Musste das nicht schiefgehen, spätestens wenn sie bei mir in Brohl auftauchte und hinter die Kulisse schaute? Was hatte ich groß zu erzählen, außer dass ich im Leben ein paar hundert Mal von Bonn nach Basel gefahren war? Dass ich den Glockenschlag von Westminster kannte, war ein schöner Zufall gewesen. Im Uhrenkasten hatte ein alter Zettel gelegen, mit Text und Noten der Melodie und der Angabe ‚E-Dur'. Sonst hätte ich das nicht gewusst. Ich erinnerte mich auch noch an die Strophe: „Oh Herr unser Gott, sei du unser Begleiter, dass durch deine Hilfe kein Fuß ausgleiten möge." Diese Bitte schickte ich jetzt still zum Himmel, verbunden mit dem Gelübde künftig nicht nur das Brohler Abendblatt zu lesen. Mein Wohnzimmerschrank mit der Glastür sah zwar sehr edel aus, aber da war nichts drin außer einem Stapel alter Zeitungen. Und dass das Fernsehgucken mich gebildet hätte, konnte ich nicht behaupten. Ich erinnerte mich nicht an eine einzige Sendung. Alles war so an mir vorbeigerauscht, hatte eher dem Totschlagen der Zeit gedient. Mit meinen Kochkünsten war es auch nicht weit her. Ich konnte nur Miraculi zubereiten und Fischstäbchen und Co. Gab es Gemüse, so kam das aus der Tiefkühltruhe und musste nur erhitzt werden. Bei Wein oder Sekt kannte ich mich auch

157

nicht aus. Ich wusste nur, dass das Paderborner Bier billig und genießbar war. Handwerkliche Fähigkeiten hatte ich mir auch nicht angeeignet. Sicher, ich konnte einen Nagel in die Wand schlagen und ein Bild aufhängen. Aber mehr auch nicht.

Sonja schien meine Befangenheit zu spüren.

„Glaube bitte nicht, dass ich reich bin", sagte sie. „Das Haus habe ich von meinen Großeltern geerbt. Die hatten ein Transportunternehmen. Bei meinen Eltern war ich das schwarze Schaf. Die wollten, dass etwas Repräsentatives aus mir wird. Anwältin, Ärztin oder so ähnlich. Ich saß aber viel lieber beim Großvater, der auch selbst fuhr, im Truck, fand das abenteuerlicher als trockene Paragraphen zu studieren. Statt mit achtzehn zur Uni bin ich nach La Gomera. Fünf Jahre unter Hippies. Als ich zurückkam, habe ich den Führerschein gemacht, bin für die Großeltern gefahren, später dann für einen anderen Trucking-Service. ‚Kind, leb du dein Leben, nicht das deiner Eltern!' hat die Oma immer gesagt. Bei den Eltern blieb ich das schwarze Schaf. Die wollten sich nicht damit abfinden, und als ich dann auch noch einen Iraner heiratete, war der Kontakt völlig dahin. Karim konnte sich mit meinem Beruf nicht arrangieren. Ich war viel unterwegs. ‚Meine Frau hat das nicht nötig', hat er immer wieder gesagt. Er war auch sehr eifersüchtig. Wir hatten damals in Bonn gewohnt. Du glaubst nicht, was er da alles aus dem Fenster geworfen hat. Schmuckkästchen, Parfümflaschen, Pelzmäntel, die er mir als Bestechung schenken wollte, den Fernseher. Vor der Heirat war er lieb und aufmerksam. Kurz danach nicht mehr. Nach zwei Jahren war die Ehe am Ende. Er ist zurück in den Iran. Was aus ihm geworden ist, weiß ich nicht. Die ganzen Antiquitäten habe ich nicht gekauft. Die stammen von den Großeltern. Für mich bedeuten die Möbel ein Stück Verbundenheit, Erinnerung. Ich war schon als Kind lieber hier als bei den Eltern in Siegburg. Lass dich bitte nicht von der Villa täuschen. Ich komme gut über die Runden, mit der Rente, der Miete. Aber reich ist etwas anderes. Ich weiß ja nicht, wie das bei dir ist. Als Bahnmanager hast du wahrscheinlich gut verdient. Wenn man schon teure Standuhren austauschen kann, um einen anderen Glockenschlag zu hören…"

„Oh weh!", dachte ich. „Da bist du mit Mondmanns Rat, die Realität attraktiv zu verpacken, in eine Falle geraten. Wie kommst du da nur raus?"

„Auf Rosen bin ich auch nicht gebettet", erklärte ich. „Das Management war eher im mittleren Segment."

23

Wir tranken noch ein zweites Glas Sekt auf dem Balkon. Sonja wollte wissen, wie das nachts auf dem Hochsitz sei.

„Schön", sagte ich nur. „Aber die Wölfe kommen selten. Meistens sieht man einen Fuchs, ein Reh oder eine Rotte Wildschweine. Die Stille der Nacht tut gut. Es ist sehr romantisch. Zu Zweit bestimmt noch mehr."

Sie lächelte. „Du nimmst mich also mit?"
„Aber ja!"

Danach saßen wir in ihrer Wohnküche. Hier musste sie einiges investiert haben. Die hatte sie wahrscheinlich nicht von den Großeltern übernommen. Es war eine Mischung aus Modern und Alt. Die Kochinsel war in helles Buchenholz gefasst. Ebenso die Arbeitsflächen der Küche wie auch die Hochschränke mit den Einbaugeräten. Von der Kochinsel ein paar Meter abgerückt stand ein massiver Bauerntisch aus dunkler Eiche mit dazu passenden Polsterstühlen. Ein alter Herd aus Gusseisen, mit Emailleklappen, Ofenringen und unten einem Kohlekasten, diente der Dekoration. Mitten auf den Tisch hatte Sonja eine Vase gestellt. Meine Rose war darin.

„Magst du italienisch?" fragte sie. „Es gibt ein Safranrisotto mit grünem Spargel und Garnelen. Dazu einen einfachen Landwein."

„Wunderbar", sagte ich und war froh, dass ich keine Suppe löffeln musste. Nervös war ich immer noch.

Und dann kam jener Moment, wo ich dachte, sie hat dich durchschaut, entlarvt und revanchiert sich für deine Wolfsgeschichte, die sie dir nicht glaubt. Jetzt fängt sie auch an, dick aufzutragen.

„Weißt du", meinte sie. „Die einfachen Landweine sind die besten. Ich habe einmal bei Peter Maffay einen Roten getrunken für 1200 Euro. Hat er besser geschmeckt? Nein. Genauso bei den Stones. Die waren auch sehr großzügig."

Ich muss sehr ungläubig dreingeschaut haben. Verblüfft, vielleicht sogar erschrocken. Was hat diese Frau für einen Umgang! Entweder veräppelt sie dich jetzt oder sie hat eine heiße Vergangenheit gehabt. Warum will sie dann ausgerechnet mit dir auf den Hochsitz?

„Ach so", sagte sie, als sie mein Gesicht sah. „Habe ich dir noch nicht erzählt. Nach der Arbeit bei den Großeltern habe ich für einen Kölner Trucking-Service gearbeitet. Die machten den Bühnenaufbau für Konzerte. Ich habe die ganzen Touren mitgefahren. Für die Stones, die Scorpions, Madonna, McCartney, Joe Cocker, Grönemeyer und so weiter. Nach den Konzerten wurde manchmal die Crew eingeladen. Es gab Großzügige und auch Geizige. Maffay war sehr großzügig. Er hat uns im Bremer Rathauskeller die Weinkarte gegeben, gesagt: ‚Bis 5000 ist alles okay.' Da wollte ich einmal wissen, wie das mit den teuren Weinen ist. Es ist einfach nur Unsinn."

Sie betrachtete mein immer noch verblüfftes Gesicht.

„Du glaubst mir nicht? Warte!"

Sie ging in irgendeinen anderen Raum der Wohnung, kam mit einer Holzkiste zurück, stellte sie auf den Tisch, schlug den Deckel auf.

„Hier", sagte sie, „sind ein paar von den Tourenbüchern und die Backstage-Pässe."

Sie nahm eine der Kladden heraus, schob sie mir zu. ‚The Rolling Stones – Bridges to Babylon – 1998'.

Ich blätterte in dem Ringbuch, sah viele Namen, Telefonnummern, Hoteladressen, Orte. Berlin, München, Gelsenkirchen, Düsseldorf, Zagreb, Mailand, Barcelona, Lyon, Bilbao… Red Steel Crew, Green Steel Crew, Blue Steel Crew."

"Was bedeutet das?" fragte ich.

„Rote, grüne, blaue Bühne. Die Tour war in mehreren Ländern. Deutschland, Frankreich, Spanien, Schweiz, Holland, Belgien, Kroatien. Da musst du mit mehreren Crews und Bühnen arbeiten. Wenn die mit dem Flieger kommen, muss alles fertig sein. So eine Bühne kannst du nicht an einem Tag ab- und wieder aufbauen. Da waren 42 Trucks beteiligt. Drei Monate hat die Tour gedauert. Was da alles unterwegs ist! Das ist wie eine Völkerwanderung."

Ich sah mir verwundert die Backstage-Pässe an. Die meisten waren in Plastikhüllen. Mit den Fotos der Künstler, dem Namen der Tour und eben auch mit Sonjas Namen. Sie hatte die Wahrheit gesagt, sich nicht für meine Wolfsgeschichte revanchieren wollen. Ein Pass fiel mir besonders auf. Er war in edles Leder gefasst, hatte das schlanke Format eines Lesezeichens, trug eine goldene Schrift. ‚J.H. 2003'.

„Was ist das?" fragte ich.

24

„Ach ja", sagte sie. „Madame Chirac. Johnny Hallyday. Die Frau des französischen Präsidenten hatte sich ein Geburtstagskonzert gewünscht. Die Franzosen hatten da gerade gestreikt und das Kölner Unternehmen war beauftragt worden. Wir also auf in die Auvergne, wo Chirac wohnte. Unterwegs bin ich aber nachts auf einem französischen Rastplatz überfallen worden. Die Gangster haben Betäubungsgas in die Kabine geleitet, mir alles weggenommen. Geld, Personalausweis, Kreditkarten. An der Ladung haben sie sich nicht vergriffen. In dieser Nacht gab es auch Tote. Es war eine Serie von Überfällen. Es war ein riesiger Rummel. Polizeiwagen, Hubschrauber. Mir haben sie zuerst nicht geglaubt, dass ich für Chirac unterwegs war. Bis sie sich durch einen Anruf versichert hatten. Danach ging es für mich mit Motorradescorte weiter. Die Schranken an den Mautstellen öffneten sich auf Zuwinken.

Und Chirac, der war dann großartig. Ich bekam einen festen Händedruck, eine Umarmung. „Madame, entschuldigen Sie bitte! Das tut mir leid." Er sprach sehr gut Deutsch, war auch gut auf die Deutschen zu sprechen. Eine deutsche Bäuerin hatte ihn im Zweiten Weltkrieg versteckt. Und Johnny Hallyday, der war auch gut. Ich meine seine Musik, bevor du auf andere, blöde Ideen kommst."

„Hast du noch mehr von diesen Geschichten auf Lager?"

„Nein, von solchen nicht. Das war die ungewöhnlichste. Du darfst dir ein Truckerleben nicht als besonders aufregend vorstellen. Das meiste ist Routine und auch langweilig."

„Was hattest du denn für ein Auto?" fragte ich. Und fügte hinzu: „Ich meine natürlich nicht Auto. Das war ja bei dir eine andere Kategorie. So hoch oben am Lenker."

„Einen Volvo 460, also 460 PS. Das Fahren ist wirklich nicht das Aufregende. Du stellst den Tempomat ein, auf achtzig, und dann lenkst du nur noch und guckst auf die Autobahn. Alle vier Stunden musst du Pause machen. Eine Stunde. Dann darfst du weiterfahren."

Sonja räumte Pässe und Tourenbuch wieder in die Kiste, schlug den Deckel zu.

„Ich will dich jetzt nicht weiter mit meinen Geschichten aus der Vergangenheit behelligen", sagte sie. „Du hast nur so ungläubig ausgesehn.

Erzähl mir lieber etwas von dir. Aber erst gibt es das Essen."

Das Risotto war vorzüglich. Seit Jahren hatte ich nicht mehr so gut gegessen. Ich war erstaunt, wie sie das hinbekommen hatte, den Reis so bissfest und aromatisch zuzubereiten. Wenn ich, was selten vorkam, Reis kochte, wurde der immer pampig.

„Ich koche auch gerne nach alten Rezepten", erklärte mir Sonja. „Du glaubst gar nicht, wie lecker Goethes Großmutter kochen konnte. Mit wieviel Zeit und Liebe. Das nächste Mal mache ich gefüllte Laubfrösche."

Fast ließ ich Messer und Gabel fallen. An was für eine Köchin war ich geraten?

„Gefüllte Laubfrösche?"

Sonja amüsierte sich über mein erschrockenes Gesicht.

„Das heißt nur so", sagte sie, „weil es so aussieht. Es sind Mangoldblätter, die so gewickelt werden, dass sie auf dem Teller aussehen wie ein Frosch. Keine Angst, du hast keine Chinesin getroffen."

Ich nahm mir vor, nicht nur Wolfsberater zu werden, sondern mir auch Kochbücher zu kaufen. Um zu lernen. Wegzukommen von Dosen und Tiefgefrorenem. Um vor Sonja nicht wie ein Trottel dazustehen, wenn sie mich einmal besuchte. Ich hatte also viel vor und fand das richtig gut, mein Leben mit einem Schwung herumzuwerfen. Das musste bei mir zu einer gewissen Fröhlichkeit am Tisch beigetragen haben. Das war nicht nur der Landwein. Ich begann auch zu erzählen. Nicht von meinen Zugfahrten. Ich griff tief in die Vergangenheit.

164

„Ja, ja, die Stones" sagte ich. „Das war eine Zeit! Ich war gerade mal in der Quarta. Auf einem strengen Neusser Gymnasium. Quirinus. Hörte sonntags mit meinem Kofferradio heimlich BBC. Hitparade. Die Beatles. Das war revolutionär. Rebellisch. Dann aber erschienen die Stones. So richtig dreckig. Hart. Mit einem völlig anderen Sound. Satisfaction. Wir hatten einen in der Klasse. Der Seel. Der ließ sich die Haare bis über die Ohren wachsen. Der Griechischlehrer hat ihn in die Backen gekniffen, ihn daran durch die Klasse gezogen. „So kommst du mir nicht mehr in die Schule!" Wir anderen duckten uns in die Bänke. Verschüchtert. Ließen uns immer fromm die Haare schneiden. Fasonschnitt hieß das damals. Die Stones wagte man kaum zu hören. Der Seel hatte da schon eine Freundin, war viel weiter als wir und hat bald die Schule verlassen, weil es nicht mehr ging. Und der Hempel hatte einen Kuli. Drehte man den, erschien eine nackte Frau. Wir haben den Hempel in den Pausen immer umlagert. ,Zeig uns deinen Kuli!' Das waren alles noch Sensationen. Verbotenes, das uns erregte. Heute sind die Stones klassisch wie Mozart."

So redete ich, die Zunge vom Landwein gelockert.

Ich erzählte auch von meinen antiken Möbeln. Dass sie monatlich ausgetauscht wurden. Sonja fand das lustig und lachte.

„Gott sei Dank, dass du darüber lachen kannst", meinte ich. Die meisten würden mich wegen meiner Austauschmöbel für verrückt halten. Aber was kann der Mensch schon wirklich besitzen? Nichts. Aber er kann den Augenblick genießen, wertschätzen. Den Sonnenuntergang, den Wind am

Meer, den Sternenhimmel, eine Musik, die zu Herzen geht, einen wunderbaren Wein, die Zärtlichkeit und Klugheit einer Frau, ihre Schönheit."

Sie sah mich erstaunt an. „Du meinst doch wohl nicht mich?"

„Doch! Du warst mir von Anfang an sympathisch. Irgendwie vertraut. Braucht man dazu einen langen Anlauf? Ein gegenseitiges, vorsichtiges Abtasten, einen Fragenkatalog? Nein! Das merkt man doch sofort. Am liebsten wäre ich schon gestern mit dir Hand in Hand durch Andernach gelaufen. Entschuldige, wenn ich das so offen sage!"

„Nein, nein, ist schon in Ordnung."

25

Nach dem Essen saßen wir wieder auf dem Balkon, sahen auf den Rhein, auf die Lichter Bonns. Ab und zu fuhr ein Tanzschiff vorbei, mit bunten Lampions auf dem Deck. Die Musik klang bis zu uns herüber. Irgendwie fiel mir ein längst vergessenes Zitat ein. Meine Schulzeit war nicht ganz vergebens gewesen.

„Ach, ist das schön hier!" sagte ich. „Zählt nicht nur die Gegenwart? Das, was man nicht besitzen und festhalten kann? Schon der alte Schiller hat gesagt: ‚Was du vom Augenblicke ausgeschlagen, bringt keine Ewigkeit zurück!'"

Ein erstaunter Blick traf mich. Aber sie ging nicht auf mein philosophisches Intermezzo ein, meinte stattdessen:

„Du hast doch bestimmt schon einiges mit Frauen erlebt. Mit 66."

„Nein!" antwortete ich. „Vor allem nicht die letzten zehn Jahre. Da war die letzte, längere Beziehung leider am Ende. Gut", schränkte ich ein, „es gab danach auch mal eine Affäre in Palermo. Aber das war nicht, was ich suchte. Okay, dann habe ich es auch mal über das Internet probiert. Die Dates haben kaum eine Tasse Kaffee überdauert. Es hat einfach nicht ‚klick' gemacht. Und bevor man sich da auf etwas einlässt, was das Herz nicht will, lässt man es lieber. Es ist nicht einfach. Vor allem nicht im fortgeschrittenen Alter wie bei mir."

„Und diese letzte Beziehung", wollte sie wissen, „woran ist sie gescheitert?"

„Ja, woran?" Ich strich mir etwas verlegen mit der Hand über das Kinn. „An mir? An ihr? An beiden?"

Beschwer dich bloß nicht über Irmgard, dachte ich. Dann fragt sie sich, warum ist der so blöd gewesen?

„Ich weiß es nicht. Die Interessen haben sich nach fünf Jahren auseinander entwickelt. Aber was heißt das schon? Es macht ja nichts, wenn Interessen auseinander gehen. Eigentlich war sie eine sehr liebenswerte Frau. Wir haben uns nie gestritten. Es ist einfach so eingeschlafen."

Gott sei Dank war es dunkel. Nur eine Kerze brannte auf dem Tisch.

„Du redest nicht gerne über die Vergangenheit", meinte sie. „Du siehst sie noch?"

„Nein. Der Kontakt ist völlig abgebrochen. Wir haben noch nicht einmal miteinander telefoniert."

„Ihr habt das nicht in eine Freundschaft umwandeln können?"

Ich dachte an Mondmann, an das Zitat von Nietzsche über die ‚society of friends', fragte zurück: „Kann man das überhaupt? Wie war es denn bei dir?"

„Von Karims Seite hat es nie den Versuch dazu gegeben. Für ihn war die Geschichte erledigt. Er ist zurück in den Iran. Und da fliege ich bestimmt nicht hin."

„Ist ein ziemlich kompliziertes Thema", sagte ich. „Geht vielleicht nur, wenn beide wieder glücklich und zufrieden sind. Und selbst dann kann man sich fragen, ob es Sinn macht. Es wird wahrscheinlich nur bei einem höflichen Small Talk bleiben. Was auch sonst? Beide werden denken, dass sie endlich in bessere Hände geraten sind. Im Leben ist das halt so. Manches geht zu Ende wie die Kindheit. Dem sollte man nicht nachtrauern, sondern sich auf das Neue freuen. Manchmal kommt es zum Glück anders."

„Zum Glück?"

„Ja. Hätte ich sonst Andernach erlebt und diesen Abend mit dir?"

„Das ist etwas Besonderes für dich?"

„Ja, sagt mir mein Gefühl."

Sie stand auf, kam zu mir, strich mir über das Haar.

„Okay, Cowboy! Ich hole noch eine Flasche Wein."

Ich sah auf die Uhr, runzelte die Stirn.

„Es ist schon spät. Ich muss noch zurück nach Brohl."

„Wirklich?", fragte sie. „Erst Schiller zitieren und dann abhauen?"

„Was hältst du von Lissabon?" fragte sie beim Frühstück. Ist das okay?"

„Ja!" sagte ich ohne Bedenken und dachte: „Dafür nimmst du sogar einen Kredit auf."

„Fliegen?" fragte ich. „Oder willst du mit dem Bus?"

Ich dachte an ihre Städtereisen.

Sie lächelte. „Komm mit!" sagte sie. „Ich will dir etwas zeigen."

Sie verließ mit mir die Wohnung, das Haus. Wir bogen an der Ecke in die Wolfsgasse, wo hinter der Villa die Zufahrt zu einer Garage war. Sie ging auf das Garagentor zu, schloss es auf, schob die beiden Flügel zur Seite.

„Oh!" sagte ich. „Damit?"

„Ja. Das ist der VW-Bus des Großvaters. Ich habe es nicht übers Herz gebracht, den Wagen zu verkaufen. Touren habe ich damit nicht gemacht. Allein hatte ich keine Lust."

Ich blickte erstaunt auf den taubenblauen Wagen mit den Seitenfenstern, ging um das alte Schätzchen herum. Vorne, unter der geteilten Frontscheibe war groß und weiß das VW-Emblem.

„Wie alt ist der denn?" fragte ich.

„Von 1965", antwortete sie. „Der hat noch den unverwüstlichen Boxermotor. Ich bin damit nur zum Einkaufen gefahren. Der Wagen ist gut in Schuss. Ich habe ihn erst vor einem Jahr generalüberholen lassen. Reifen, Bremsen und ein paar Teile im Motor sind neu. Der übersteht sogar eine dreifache Weltumrundung."

Sie schob die Seitentür auf. Innen war der Bus komplett eingerichtet. Bank, Schrankfächer, Spüle, Klapptisch, Kühlschrank, Gasherd.

Sonja stieg hinein, klappte den Tisch nach vorne, löste unten am Beifahrersitz einen Hebel, drehte den Sitz ins Wageninnere.

„Siehst du, so sitzt man bequem gegenüber. Zum Schlafen wird die Bank ausgezogen. Für zwei, die sich mögen, reicht das. Wir sparen die Hotelkosten. Auch die Mautgebühren, fahren gemütliche Nebenstrecken. Der Urlaub beginnt vor der Tür. In zehn Tagen sind wir in Lissabon. Wenn du Lust hast, können wir sofort losfahren."

„Sofort? Meinst du das ernst?"

„Natürlich. Wir fahren beim Aldi vorbei, kaufen ein und weg sind wir."

Ich war erstaunt über ihre Spontaneität, wandte ein: „Ich habe doch gar nichts dabei. So ein paar Sachen zum Anziehen. Pullover für kalte Nächte, Badehose. Einen Bart wachsen lassen will ich mir auch nicht. Äh, und außerdem, ich habe ein Aquarium, müsste das erst regeln."

Von dem Termin bei Mondmann sagte ich nichts. Aber da sie offensichtlich so früh wie möglich wegwollte, schlug ich den Donnerstag vor. Da hatte ich noch drei Tage Zeit.

„Gut!" meinte sie. „Ich hole dich am Donnerstagmorgen in Brohl ab. Du musst dich um nichts kümmern. Ich kaufe alles ein und dann geht die Reise los. Wir fahren die Mosel entlang, über Trier nach Luxemburg und dann nach Frankreich. Einverstanden?"

„Einverstanden. Aber du weißt, dass ich nachts schnarche?"

„Das macht mir nichts."

Gegen Mittag machte ich mich gut gelaunt auf den Heimweg, ging über die Kennedybrücke in die Bonner Innenstadt, kaufte eine Baccararose und begab mich damit zur Marienkirche. Ich schob die Rose zu den anderen in die Vase vor dem Hochaltar.

„Danke, Mary!" sagte ich.

Dieses Mal schienen die zwölf Apostel weniger streng auf mich herabzuschauen.

Auf der Fahrt mit dem Zug nach Brohl überlegte ich, was alles noch zu organisieren war. Sonja hatte offengelassen, wie lange die Tour dauern sollte. Zwei oder auch drei Monate wären wir mindestens unterwegs. Mittwoch hatte ich den Termin bei Mondmann, musste ihm sein Reisetagebuch zurückgeben. Der Vermieter war wegen des Möbelaustauschs zu informieren. Das Aquarium konnte ich nicht sich selbst überlassen. Da musste eine Lösung her. Aber welche? Ich konnte die Tanganjikabarsche als Warmwasserfische ja nicht dem Rhein übergeben.

Eine Station vor Brohl stieg ich in Bad Breisig aus, ging in den Supermarkt, kaufte einen roten Sizilianer, ‚Nero d'Avola' und wanderte die paar Kilometer nach Brohl. So viel wie in den letzten beiden Tagen war ich lange nicht mehr gegangen, aber ich spürte keine Müdigkeit in den Beinen.

Am frühen Abend stiefelte ich mit der Flasche Wein die Treppe hoch, klingelte bei Frau Wachtel.

Sie öffnete, guckte erstaunt durch einen Türspalt.

„Herr Winter?" fragte sie erstaunt, so als hätte sie mich nicht erkannt.

Ich hielt ihr den Wein entgegen: „Das ist für Sie. Ich habe eine Bitte."

Sie zog die Tür auf. „Aber kommen Sie doch herein. Was ist es denn?"

„Ich verreise", sagte ich. „Für zwei oder drei Monate. Darf ich Ihnen für alle Fälle den Wohnungsschlüssel geben und auch den für den Briefkasten?"

Sie überlegte einen Moment, schien zu zögern, meinte dann aber: „Ja, ja, warum nicht?"

„Da ist noch etwas", rückte ich heraus. „Ich habe ein Aquarium. Könnten Sie einmal am Tag die Fische füttern? Ich zahle Ihnen auch etwas dafür."

Sie schüttelte den Kopf. „Müssen Sie nichts für zahlen. Mein Mann hatte auch ein Aquarium. Ich mach das gerne. Sie müssten mir das nur zeigen."

So kam es, dass ich mit Frau Wachtel in meine Wohnung ging und ihr alles erklärte.

„Sie müssten die nur füttern, vier Bodentabletten am Tag. Das reicht. Einfach durch den Spalt oben am Deckglas einwerfen."

Ich zeigte ihr die Box. „Da kommen Sie drei Monate mit hin. Das ist Vollwertfutter. Um den Wasserwechsel und den Filter kümmere ich mich vorher noch. Da müssen Sie nichts tun. Die Temperatur für die Heizung regelt der Thermostat. Das sind konstant 25 Grad. Vielleicht muss auch mal ein wenig Wasser nachgeschüttet werden. Das finden Sie in der Badewanne. Ich lass das Wasser immer eine Zeit lang stehen, damit das Chlor rausgeht."

Hoffentlich kommt nicht doch noch ein ‚Nein', dachte ich. Dass die Barsche ab und zu auch Frostfutter bekamen, rote Mückenlarven, die abgepackt in der Tiefkühltruhe lagen, sagte ich

172

nicht. Wenn sie immer Textilien ausschüttelt und den Müll mit Gummihandschuhen sortiert, wird sie sich davor ekeln.

Sie hatte sich zu dem Aquarium, das auf einer Kommode stand, gebeugt, blickte durch das Glas.

„Die sind aber schön", meinte sie. „So blau. Wieviele sind es denn? Ich sehe nur zwei. Haben sich noch ein paar versteckt?"

„Es sind nur zwei. Ein Pärchen. Maulbrüter aus dem Tanganjikasee. Vor drei Monaten hatten sie Junge gehabt. Die habe ich aber ins Zoogeschäft gebracht. Sonst wird das Aquarium zu voll. Sind ja nur 120 Liter."

Ich hatte die Flasche Wein noch in der Hand, gab sie ihr.

„Nein, nein!" wehrte sie ab. „Ich mach das wirklich gerne."

„Dann trinken Sie jetzt wenigstens ein Gläschen mit mir", lud ich sie ein. „Auf gute Nachbarschaft. Wenn ich einmal etwas für Sie tun kann, sagen Sie es mir."

So lernte ich also endlich, was mir zehn Jahre nicht gelungen war, meine Nachbarin näher kennen, erfuhr sogar die Ursache ihres seltsamen Ticks. Sie klärte mich selbst darüber auf.

„Wissen Sie, Herr Winter, wahrscheinlich wundern Sie sich darüber, dass ich öfter Kleidungsstücke ausschüttel. Mein Mann ist vor zwölf Jahren gestorben. An einer Hirnhautentzündung. Das kam durch einen Zeckenbiss, den wir nicht weiter beachtet hatten. Ich kann die Kleider von meinem Mann doch nicht einfach wegwerfen. Vielleicht sind da ja noch Zecken drin oder Zeckeneier. Und überhaupt die Bakterien. Die sieht man ja gar nicht."

Ich fand die Erklärung seltsam. Aber es gab eben komische Dinge in der Welt. Textilien auszuschütteln gehörte wohl zu den minderen Ticks. Schlimmer wäre etwa, wenn man unter dem Zwang stand, böse Wörter auszurufen. So hatte ich das einmal in einer Kneipe an der Theke erlebt. Der Wirt schob einem Gast ein neues Bier zu. Der Gast reckte den Kopf vor, rief: „Arschloch!" Der Wirt hatte nicht darauf reagiert, nur freundlich gelächelt und mich später, als der Gast weg war, aufgeklärt.

„Der macht das immer. Kann nicht anders. Man nennt so etwas Tourette-Syndrom."

So schlimm war es also bei Frau Wachtel nicht. Wir leerten gemeinsam die Flasche. Sie erzählte. Ich hörte zu. Das Eis im Hause war gebrochen, meine Nachbarin froh, endlich mal mit jemandem geredet zu haben. Ich hatte auch nie bemerkt, dass irgendjemand zu ihr zu Besuch kam.

28

Am Mittwoch fuhr ich zu Mondmann, trug wieder die Lederjacke, Jeans, Hut, die Stiefel. Das weiße Hemd war gewaschen und gebügelt. Die Mappe mit dem Reisetagebuch hatte ich unter den Arm geklemmt. Pünktlich um drei führte mich seine Frau ins Sprechzimmer. Mondmann saß wie vor einer Woche an seinem Schreibtisch. Er stand auf, als er mich sah, kam mir entgegen.

„Oh, Herr Winter, Sie sehen ja ganz anders aus. Schön, Sie haben meinen Rat befolgt. Steht Ihnen gut. Sie wirken gleich zehn Jahre jünger."

„So fühle ich mich auch", erwiderte ich.

„Na, so was!" meinte er. „Setzen wir uns doch. Hildegard, bringst du uns bitte zwei Kaffee!"

Seine Frau verließ den Raum, schloss die Tür. Ich reichte Mondmann die Mappe.

„Hat geholfen. Sie haben mir Mut gemacht. Wenn man für eine Frau bis Bayern reist! Ich war nur bis Bonn."

Er hob die Augenbrauen, nahm die Mappe, schob sie ins Bücherregal.

„Setzen Sie sich doch! Der Kaffee kommt gleich. Und dann, wenn Sie wollen, gibt es auch wieder ein Gläschen Cognac. Aber erst warten wir, bis meine Frau nachher wieder gegangen ist. Sie wissen schon."

Er setzte sich mir gegenüber, lehnte sich in dem Sessel zurück, schüttelte den Kopf.

„Hätte ich nicht gedacht, dass Sie Irmgard besucht haben. Ich hielt das ehrlich gesagt für aussichtslos. Aber so zufrieden wie Sie aussehen, scheint das ja gut gelaufen zu sein. Erzählen Sie mal."

„Nein, nein", klärte ich ihn auf. „Ich war gar nicht bei Irmgard. Ich habe eine Kaffeefahrt nach Andernach gemacht, eine sehr nette, lustige Dame kennengelernt und sie in Bonn, genauer gesagt in Beuel, besucht. Sie hatte mich eingeladen."

„Scheint Ihnen ja gut bekommen zu sein. Sie sehen sich wieder?"

„Ja. Morgen. Sie holt mich ab und wir fahren mit ihrem VW-Bus nach Lissabon."

„Nein!" sagte Mondmann erstaunt und beugte sich vor. „So etwas! Und ausgerechnet Lissabon. Da hat ja wohl der Blitz eingeschlagen. Erzählen Sie mehr! Wie alt ist sie? Was macht sie? Wie heißt sie?"

„Sonja. Sie ist ein Jahr älter als ich. Sie hat einen Truck gefahren, Bühnenaufbau für Madonna, die Stones, die Scorpions, Johnny Hallyday und viele andere. Sie kennt sogar Chirac persönlich."

„Chirac? Ach so, ja. Da haben Sie aber einen Treffer gelandet! Sie machen mich sprachlos. Wenn mein Tagebuch da mitgeholfen hat... Ich dachte schon, ich hätte es umsonst geschrieben. Eigentlich wollte ich es meinen Patienten zur Verfügung stellen. Von denen kam ja auch ab und zu jemand auf die Idee eine alte Liebe wieder auszugraben. Ich habe es aber niemandem gegeben. Bis eben Sie kamen. Da dachte ich: Um Himmels willen, was hat der vor? Hat sich frei gestrampelt und will dann wieder zurück. Und jetzt im VW-Bus nach Lissabon. Na, so etwas! Wie lange soll die Reise dauern?"

„Zwei, drei Monate. Danach melde ich mich zu einem Lehrgang. In Schleiden-Gemünd."

„Lehrgang? Was für einer?"

„Wolfsberater. Das hatten Sie mir doch empfohlen. Ich finde das richtig gut, wenn es in diesem unserem Land wieder Wölfe gibt. Ich habe allerdings noch keinen gesehen."

„Können Sie auch nicht. Die laufen ja nicht auf der Straße herum. Wenn ich mich recht erinnere, haben Sie kaum einen Schritt vor die Tür gemacht."

„Habe ich inzwischen aber. Ich war nachts auf einem Hochsitz. Das nächste Mal kommt Sonja mit."

„Sie erstaunen mich, Herr Winter. Und mein Tagebuch, sagen Sie, hat Ihnen dazu Mut gemacht. Warum?"

„Nun ja, ich habe eingesehen, dass es wohl sinnlos ist, eine gescheiterte Beziehung wieder aufzufrischen. Bei Rosalie und Miriam waren es viel weniger Jahre als bei mir. Und bei Hertha war der Kontakt nie ganz abgerissen. Sie hatten eigentlich die besseren Karten. Und trotzdem... Ich habe eingesehen, dass ich mich endlich wieder bewegen musste."

„Und dann direkt ein Treffer. Glückwunsch!"

„Was ist eigentlich aus Ihrer Beziehung zu Hertha geworden?" fragte ich neugierig.

„Beziehung? Wir haben uns für einen Moment getröstet. Sie hat übrigens ein Buch geschrieben, erregt damit Aufsehen, macht Furore. Sie fordert die Frauen auf, keine Kinder mehr zu bekommen. Der Umwelt zuliebe. Sie hat sogar ausgerechnet, wie viele Tonnen Kohlendioxid dadurch gespart werden."

„Sie telefonieren noch mit ihr?"

„Nicht nötig. Sie wird zur Zeit von Talkshow zu Talkshow gereicht, quatscht intelligenten Blödsinn. ,Als Mutter verliert die Frau ihr Selbst.' Und einiges mehr."

„Jetzt haben aber auch Sie Ihr Glück gefunden?"

„Ja. Da passt der banale Spruch: ,Warum in die Ferne schweifen, wenn das Gute liegt so nah.' Ich muss blind gewesen sein. Seltsamerweise sind mir erst die Augen aufgegangen, nachdem ich ein Dunkel-Restaurant besucht hatte."

„Dunkel-Restaurant?"

„Na ja, es gibt diesen Unsinn. Futtern im Finstern. Ich hatte im wahrsten Sinne des Wortes ein Blind-Date. In der ,Unsicht-Bar' in Essen. Man wird von einem blinden Kellner in einen völlig dunklen Raum an den Tisch geführt, bekommt ein Menü und soll in der Finsternis den Geschmackssinn entwickeln. Ausgerechnet da habe ich mich mit einer Frau getroffen, die ich nur aus dem Internet und vom Telefon her kannte. Eine abgefeimte Betrügerin. Sie war im Dunkeln sehr zärtlich, hat mich aber beklaut und verschwand dann angeblich zur Toilette. Ich hatte kein Geld mehr, keine Kreditkarten, konnte nicht bezahlen. Da ist Hildegard nach Essen gekommen, hat mich aus der peinlichen Lage befreit."

„Ihre Frau kennt das Tagebuch?"

„Nein. Das kennen nur Sie. Die Essener Eskapade reicht."

Hildegard kam mit einem Tablett. Kaffee, Gebäck. Wie beim ersten Mal. Als sie gegangen war, stand Mondmann auf, ging zum Schreibtisch, kehrte zurück mit Cognac und Gläsern.

„Stoßen wir auf Ihre Reise an", sagte er. „Wenn Sie zurückgekommen sind, besuchen Sie mich doch bitte und erzählen Sie. Selbstverständlich nicht als Klient. Kommen Sie ruhig abends. Dann gehen wir in die ‚Lustige Witwe'. Aber seien Sie auf der Hut. Es ist nicht gerade normal, wenn man sich erst zwei Tage kennt und unternimmt dann eine so lange Reise in einem engen VW-Bus."

„Ach was!" entgegnete ich. „Das fühlt man doch vorher, ob das gutgeht oder nicht!"

29

Am Donnerstagmorgen kam Sonja. Ich hatte meinen Rucksack schon gepackt, die Schlüssel bei Frau Wachtel abgegeben. Ich musste nur noch die Tür zuschlagen.

Das Wetter hatte sich gehalten. Ein warmer, sonniger Tag ohne Wolken. Sonja fuhr. Ich saß auf dem Beifahrersitz. Meine erste Fahrt in einem VW-Bus. Ungewohnt war, dass man die Straße wegen der flachen Front so direkt vor sich hatte. Der Motor war ja hinten. Der bullerte, hörte sich aber stabil und gesund an.

„Wie schnell fährt der eigentlich?" fragte ich.

„90. Aber das reicht. Wir haben ja Zeit. Wenn wir über die Pyrenäen müssen, klettert er langsam wie eine Ziege."

Wir fuhren die Mosel entlang, machten einen Abstecher nach Wasserbillig, um einzukaufen. Getränke, Tabak. Das war in Luxemburg nicht so teuer wie in Deutschland.

Unsere erste Station war in Vézelay, Burgund. Der Bus stand dort auf einem kleinen, kaum belegten Campingplatz, der ‚l'Ermitage' hieß, unter einem Akazienbaum. Wir saßen auf Hockern davor, hatten einen Klapptisch aufgebaut, tranken Rotwein, blickten auf die Hügelketten des Morvan, auf den Ort mit der Basilika Sainte-Marie-Madelaine. Als der Abend dämmerte, war der Himmel zuerst wie illuminiertes Silber, leuchtete dann in Rot und Orange. Es war still. Nur einmal hörten wir das Zischen eines Propangasbrenners, sahen nach oben, wo über uns ein bunter Heißluftballon schwebte. Wir sahen den Korb, die Flammen, die in Stößen hochjagten. Von einem leichten Wind getrieben segelte der Ballon weiter, wurde kleiner, entschwand am Horizont. Dann wurde es dunkel. Die ersten Sterne zogen herauf. Es wurden mehr, und schließlich sahen wir sogar die Milchstraße, die wie ein feines Schleierband genau über uns stand.

Vor der Weiterfahrt am nächsten Morgen besuchten wir die Basilika. Sie wurde auch ‚Kirche des Lichts' genannt. Wir bewunderten die Farbwechsel in den Bögen und die meisterlich gearbeiteten Kapitelle. In einer Nische der Basilika hatte sich eine Gruppe deutscher Touristen um ein großes Holzkreuz versammelt. Eine Nonne erklärte ihnen die Bedeutung: „Es ist ein deutsch-französisches Friedenssymbol. Hier trafen sich Giscard d'Estaing und Helmut Kohl."

Sonja hatte wohl vor mir die Basilika verlassen. Ich sah sie nicht mehr. Ich wanderte noch etwas herum, landete vor der ‚mystischen Mühle', einem Steinrelief. Ein Mann mit einem kurzen Gewand schüttete Korn in eine Mühle. Ein anderer, barfüßig und mit einer weißen Toga bekleidet, fing das Mehl auf. Von der theologischen Symbolik hatte ich keine Ahnung, dachte mir aber: „An der Seite von Sonja wird aus dir endlich etwas. Mondmann hat dich in die Mühle geschüttet, jetzt fängst du das Mehl auf und machst daraus ein Brot."

Ich fühlte mich unbeobachtet, ging zu einem Seitenaltar, der der Maria Magdalena geweiht war, zündete eine Kerze an neben einer anderen, die schon brannte und sagte: „Danke für Sonja!"

Unsere zweite Station war Lavoût Chilac am Allier. Wir standen direkt an einer Flussschleife, hörten nachts das Rauschen des Wassers. Und hier entdeckte ich auch meine Liebe zu alten romanischen Kirchen. Als wir ‚Notre-Dame', das von der Flussschleife umzogen wird, betraten, kam aus Lautsprechern eine leise mittelalterliche Musik. Sie verklang unter den harmonischen Bögen der Romanik und im Dämmerlicht der Kirche wanderte sie aus dem Raum in meine Seele. Lange vermochte ich mich nicht von der Musik zu lösen, bis Sonja einen frischen französischen Espresso vorschlug.

Wir setzten uns vor ein Bistro unmittelbar an einer alten, steinernen Bogenbrücke, blickten auf den Allier und das Schloss Saint-Maurice.

Abenteuerlich war die Fahrt über die Pyrenäen, vom französischen Saint-Jean-Pied-de-Port ins spanische Roncesvalles. Auf einer schmalen Passstraße mit eng gewundenen Serpentinen ging es durch Schluchten, wo von den Felswänden Quellwasser plätscherte. Sonja als die Erfahrenere fuhr. Mir waren zunächst nur die breiteren Straßen überlassen, da ich lange nicht mehr gefahren war und mich erst wieder eingewöhnen musste.

Jeder Tag war mit irgendeinem Abenteuer, einem Erlebnis, einem besonderen Eindruck verbunden. Die endlosen Olivenplantagen der La Mancha, der Don Qijote, der dort als über lebensgroßes Standbild grüßte, bei Granada der noch mit Schnee bedeckte Gipfel des Mulhacén in der Sierra Nevada. Danach ging es von der Höhe hinab Richtung Málaga und wir sahen in der Ferne schon das Mittelmeer glänzen. Jeder Tag prägte sich ein, an jeden einzelnen Tag würde ich mich erinnern können, während zuvor meine Zeit ein graues Kontinuum ohne besondere Erinnerung gewesen war.

30

Wir kamen auch an Gibraltar vorbei, hatten aber beide kein Interesse auf den Rummel dort.

„Ich kenne einen", erzählte ich Sonja, „dessen Freundin hat da einen Affen geklaut und mit nach Deutschland genommen. Sie hat sich dann mehr um den Affen gekümmert als um ihn. Sie hat den

181

Affen sogar mit ins Bett genommen. Komisch, nicht wahr?"

„Verrückt", meinte sie. „Aber lustig."

„Kämst du auch auf so eine Idee?"

Sie lachte: „Nein. An dir habe ich genug."

Die Algarve und weiter die Küste entlang ging es nach Lissabon. Nach zwölf Tagen, nach unserem Aufbruch von Brohl, hatten wir die Stadt erreicht. Wir fanden einen Campingplatz an der Costa da Caparica, im Lissaboner Stadtteil Almada, da wo der Tejo in den Atlantischen Ozean mündet. Tagsüber streiften wir durch Lissabon, die Weiße Stadt, saßen in der Sonne am Hafen, schlenderten abends durch die engen Altstadtgassen in Alfama, kehrten ein zu einem Glas Wein, hörten dem Fado zu, jenem portugiesischen Gesang zur Gitarre, wo wir zwar den Text nicht verstanden, aber das Herz die Sehnsucht begriff.

Unvergesslich war für mich jenes Erlebnis, als wir in Lissabon durch die Rua Augusta gingen und durch ein Bogentor kamen, das den Blick auf den Mündungsarm des Tejo freigab und zu jenem weit ausladenden Platz, wo früher die Seefahrer nach langer Fahrt empfangen wurden. Sonja war neben mir und ich hatte plötzlich das Gefühl eines königlichen Schreitens. Ich blieb stehen, lächelte, umarmte sie.

„Was ist?" fragte sie.

„Es ist verrückt", antwortete ich. „Ich habe das Gefühl, als sei ich schon immer mit dir hier gegangen. Es ist eine seltsame Zeitlosigkeit."

Wir gingen weiter hinunter zum Hafen, wo die Fähre nach Almada lag.

„Sag mal", fragte sie unterwegs, „du hast in Vézelay eine Kerze angezündet? Was hast du dabei gedacht?"

„Du hast es gesehen? Ich dachte, du wärst schon draußen gewesen."

„Nein. Ich war noch in der Kirche, als du herumgewandert bist."

„Was ich gedacht habe? Dankbarkeit, Sonja. Mit dir, das ist meine schönste Reise."

Sie lächelte. „Geht mir genauso. Die andere Kerze war von mir."

Das Rezept zum Buch

Sonjas Safranrisotto mit grünem Spargel und Garnelen. Für zwei Personen. Findet man keinen Safran, kann man Curcuma nehmen. Dann ist der Reis sogar noch würziger. Und Curcuma ist recht gesund. Die Mengenangaben sind ungefähr. Man muss sich nicht sklavisch daran halten und mit der Küchenwaage arbeiten.

Zutaten:
Ein Bund grüner Spargel
Eine Schalotte
½ Liter Gemüsebrühe
2 Esslöffel Olivenöl
150 Gramm Basmatireis
1 Döschen Safranfäden oder auch zwei Teelöffel Curcuma
150 ml trockenen Weißwein
150 Gramm geschälte Garnelen (können klein oder groß sein)
40 Gramm Butter
Salz, Pfeffer

Zubereitung:

Das untere Drittel des Spargels abschneiden, verwerfen, ist oft zu holzig. Die Stangen in kleine Stücke schneiden. Schalotte abziehen, fein würfeln, Gemüsebrühe erwärmen.

Im Topf Öl erhitzen, Schalottenwürfel glasig dünsten. Reis und Safran zufügen, unter Rühren anbraten, mit Hälfte des Weißweins ablöschen.

Beginnt der Reis trocken zu werden, Rest des Weißweins zufügen. Beständig umrühren und ab und zu Brühe nachgießen. Nach zehn Minuten Spargelstücke zugeben, nach weiteren fünf Minuten die geschälten Garnelen. Nach 20 Minuten immer wieder probieren, ob der Reis die richtige Konsistenz erreicht hat zwischen noch zu hart oder schon zu weich. Dann die Butter dazugeben, umrühren, mit Salz und Pfeffer abschmecken. Wer es scharf liebt, kann auch von vornherein ein oder zwei Chilischoten hinzugeben.

Als Getränk eignet sich z.B. bestens ein trockener, grauer Burgunder.

Rezepte von Goethes Großmutter findet man hier:

Dorit Schlangen, Rüdiger Schneider: „Lecker essen mit Goethe – Rezepte und Anekdoten", 212 S., 2. Erweiterte Auflage, Oktober 2017, ISBN 978-3-7448-1840-7

"Das Herz der Küche sind die Kräuter!" Goethe hat es als Gourmet gewusst und hatte sie in seinen Gärten. Mit ihrer eigenen, umfangreichen Sammlung schlagen die Autoren Rezepte vor. Salate, leckere Desserts und natürlich auch Hauptgerichte. Vergessene Delikatessen der Goethezeit kommen wieder in die Küche. Wie z.B. Topinambur, Rapontica, Quitten, Maronen, die Kornelkirsche und einiges mehr. Und man erfährt auch Anekdoten aus dem Leben Goethes, der nicht nur der klassische Dichterfürst ist, sondern ein Mensch zum Anfassen. Vorgestellt wird im Vorwort auch Goethes Bezug zu Andernach und das Konzept ‚essbare Stadt'. Das Buch ist mit zahlreichen Farbfotos ausgestattet.

Rüdiger Schneider lebt als Autor in Bad Breisig am Mittelrhein. Veröffentlichung von Romanen und Erzählungen. Publikationen zum Jakobsweg und auch anderen Pilgerwegen u.a. ‚Via Hildegardis'.

Website: www.ruediger-schneider.com